94
90
85a

Jochen Till

Luzifer junior
Campingtrip nach Hölland

Alle Bände von Luzifer junior:

Band 1: Zu gut für die Hölle
Band 2: Ein teuflisch gutes Team
Band 3: Einmal Hölle und zurück
Band 4: Der Teufel ist los
Band 5: Ein höllischer Tausch
Band 6: Schule ist die Hölle
Band 7: Fiese schöne Welt
Band 8: Ein Geschenk der Hölle
Band 9: Ein Dämon im Klassenzimmer
Band 10: Die verrückte Zeitmaschine
Band 11: Campingtrip nach Hölland

Jochen Till

LUZIFER junior

Campingtrip nach Hölland

Mit Illustrationen von Raimund Frey

Band 11

Loewe

FSC
www.fsc.org
MIX
Papier aus verantwortungsvollen Quellen
FSC® C014496

ISBN 978-3-7432-1378-4
1. Auflage 2022

Dieses Werk wurde vermittelt durch die Agentur Brauer
Umschlag- und Innenillustrationen: Raimund Frey
Umschlaggestaltung: Michael Dietrich
Printed in the EU

www.luzifer-junior.de
www.loewe-verlag.de

Inhalt

Luzifer junior

Luzie genannt, Sohn des Teufels.
Wurde zu uns nach oben geschickt,
weil er zu lieb für die Hölle ist.
Kennt sich in der Oberwelt noch nicht gut aus.
Tarnname in St. Fidibus: Vitus von Turbsnatas.

Lilly

Nichte des Hausmeisters in St. Fidibus.
Luzies Zwillingsschwester, was die
beiden aber noch nicht lang wissen.
Hat das Temperament ihres Vaters geerbt.

Luzifer

Herrscher der Hölle.
Unbeherrscht, launenhaft, bösartig.
Zeigt in seltenen Fällen aber doch Herz,
wenn es um seine Kinder geht.

Steven

Luzifers Assistent.
Bringt die Hölle auf den
neuesten technischen Stand.
Liebt Äpfel, hasst Fenster.

Luzies Hausdämon.
Kann sich in alle Tierarten der Oberwelt verwandeln.
Sehr verfressen.

Schüler in St. Fidibus.
Luzies Freund.
Hochintelligent.
Hat jede Menge Ticks.

Schüler in St. Fidibus.
Luzies Freund.
Zuverlässig, hilfsbereit.
Ist mutiger, als er denkt.

»So, ich bin dann mal weg, Chef.«

Nur Scherereien

»Wie, weg? Wo willst du denn in dem Aufzug hin? Soll das die neue Bestrafungsmethode für die Horrorclowns sein? Reicht es nicht mehr, dass sie pausenlos von ihren Spiegelbildern erwürgt werden? Sollen sie sich bei deinem Anblick jetzt auch noch zusätzlich totlachen?«

»Äh … Nein, Chef. Meine sommerliche Kleidung hat nichts mit Abteilung 90 zu tun. Ich wollte Ihnen nur mitteilen, dass ich heute meinen Urlaub antrete.«

»Deinen Wie-bitte-was willst du wohin treten? Ich habe dir doch schon tausendmal gesagt, du sollst mich nicht mit Fremdwörtern belästigen.«

»Ach, kommen Sie. Urlaub ist doch kein Fremdwort.«

»Hier unten schon. Und soweit ich weiß, ist Urlaub selbst oben etwas, das Chefs genehmigen müssen. Ich kann mich nicht daran erinnern, jemals irgendjemandem hier unten auch nur einen einzigen Tag Urlaub genehmigt zu haben.«

»Ich dachte mir, dass Sie das sagen, Chef. Deshalb habe ich das hier mitgebracht.«

»Ein beschriebenes Blatt Papier? Soll ich jetzt auch noch lesen, oder was? Du weißt, dass meine Laune dadurch nicht unbedingt besser wird?«

»Das ist nicht irgendein Blatt Papier. Das ist mein Arbeitsvertrag. Den haben Sie höchstpersönlich unterschrieben, als ich vor zehn Jahren angefangen habe, für Sie zu arbeiten. Und da steht drin, dass mir pro Jahr ein Tag Urlaub zusteht. Bisher habe ich immer darauf verzichtet, aber jetzt würde ich gerne alle zehn Tage auf einmal nehmen.«

»HAHA! DER WAR GUT! Was hast du? Einen Vertrag? Mit mir? Mit dem Teufel höchstpersönlich? Du arbeitest jetzt seit zehn Jahren für mich. Da solltest du langsam wissen, wie viel ein Vertrag mit dem Teufel wert ist. Falls nicht: Er ist in etwa so viel wert wie die Asche, in die er sich gerade auflöst.«

»AUA! HEISS!«

»Aua? Heiß? Du bist in der Hölle, Steven. Wer bei uns keine Hitze vertragen kann, hat erst recht keinen Urlaub verdient.«

»Verzeihung, Chef. Das war nur ein Reflex. Ich hatte oben immer sehr empfindliche Fingerspitzen.«

»Nicht mein Problem. Aber wenn du sie behalten willst, vergiss das mit dem Urlaub lieber ganz schnell wieder. Für Urlauber fehlt mir nämlich jegliches Verständnis. Die machen nur Scherereien, vor allem jetzt im Sommer. Weißt du, wie viele von denen später hier bei uns in Abteilung 94 landen?«

»Sie meinen die In-den-Pool-Pinkler? Stimmt, bei denen ist es tatsächlich sehr voll.«

»Genau. Und dann kommen ja noch die ganzen Sandburgenzertrampler und Liegestuhlblockierer dazu. Nicht zu vergessen: die Weiße-Socken-in-Sandalen-Träger, das sind die Schlimmsten von allen.«

»Oh … Äh … Öhm … Meine Socken sind nicht weiß, Chef. Das ist ein zartes Ockerbeige.«

»Wenn du das sagst. Es wäre auf jeden Fall die letzte Farbe, die du siehst, wenn ich dir deine Füße in den Hals stopfe. Was garantiert passieren wird, falls du das Wort Urlaub in meiner Gegenwart noch einmal erwähnst. Rein aus Neugier: Wo wolltest du überhaupt hin? Nach oben darfst du nicht ohne triftigen Grund und die Hölle ist nicht unbedingt als Erholungsgebiet bekannt.«

»Öh … Äh … Na ja … Ich wollte eigentlich auf die Bahamas. Da war ich früher schon mal, dort soll es sehr schön sein um diese Jahreszeit.«

»Aha. Superplan. Da liegt dann einfach so ein nach Schwefel stinkender, hässlicher Dämon am Strand und schlürft Cocktails und niemand wundert sich darüber, oder wie hast du dir das vorgestellt?«

»Dafür habe ich doch den Hut und die Sonnenbrille, Chef. Und oben trinke ich einfach eine Flasche Parfüm, dann stinke ich zwar auch, aber nicht nach Hölle. Ach bitte, Chef. Gönnen Sie mir das doch. Ich wäre auch schon mit einem einzigen Tag zufrieden.«

»Ja, genau. Dafür bin ich überall bekannt und berüchtigt – für mein gönnerhaftes Wesen. Vergiss es. Und versuch erst gar nicht, dich heimlich davonzuschleichen. Du weißt, ich erfahre immer alles. Und wenn ich erfahre, dass du im Urlaub warst, frisst du deine Sandalen samt Socken und Inhalt.«

»Hm … Ich habe da gerade eine Idee. Was wäre denn, wenn Sie es *nicht* erfahren?«

»Das ist äußerst unwahrscheinlich. Aber grundsätzlich lebe ich nach dem Grundsatz: Was ich nicht weiß, macht mich nicht heiß. Falls es dir also gelingen sollte, Urlaub zu machen, ohne dass ich es mitkriege, nichts dagegen. Wie du das schaffen willst, ist mir allerdings ein Rätsel.«

»Das lassen Sie dann mal getrost meine Sorge sein, Chef. Ich werde Urlaub machen. Und Sie werden garantiert nichts davon mitkriegen.«

»Dann wird es mich auch nicht stören. Aber du weißt hoffentlich, wie oft es bisher jemand geschafft hat, den Teufel reinzulegen? Die Antwort darauf ist eine einstellige Zahl, die aussieht wie ein Ei.«

»Sehr gut. Dann werde ich also der Erste sein, dem dieses Kunststück gelingt.«

»Das möchte ich sehr stark bezweifeln.«

»Abwarten, Chef. Abwarten. Ich bin dann mal weg.«

»Von mir aus. Aber in einer halben Stunde bist du wieder hier. Heute ist Team-Meeting, da brauche ich dich.«

»Kein Problem, Chef. Sie werden keine Sekunde auf meine Anwesenheit verzichten müssen. Ich werde in einer halben

Stunde frisch erholt und voller Tatendrang wieder hier vor Ihnen stehen.«

»Nichts anderes erwarte ich von dir. Und jetzt verschwinde endlich. Wenn ich dir noch länger zuhören muss, bin *ich* am Ende noch urlaubsreif.«

Auf dem Kieker

»Koch, Thomas!«, ruft der Holzapfel auf.

Wie bitte? Wir sind erst bei K? Oh Mann, wie lang dauert das denn noch? Ich halte es nicht mehr aus, diese Spannung ist unerträglich!

Thomas steht auf und läuft nach vorne. Geht das nicht schneller? Ich sterbe hier vor Ungeduld!

»Hier und da verbesserungsfähig«, sagt der Holzapfel. »Aber grundsätzlich eine sehr solide Leistung. Weiter so, Thomas.«

Er drückt Thomas den Wisch in die Hand, Thomas läuft zufrieden lächelnd zurück zu seinem Platz.

»Laheyne, Marc!«

Verflucht noch mal. Können die nicht einfach alle Zyklotrop heißen oder so? Den gibt's, den Namen, den habe ich in einem Comic gelesen. Vor langer, langer Zeit, als ich noch Comics lesen durfte. In den letzten Wochen hatte ich nämlich Comicverbot, ausgesprochen von meinen Nachhilfelehrern Aaron, Gustav und Lilly. Ich durfte nur Schulbücher lesen. Was natürlich überhaupt keinen Spaß macht. Aber das hat heute zum Glück ein Ende. Ab heute Nachmittag werden wieder Comics gelesen. Falls ich bis dahin hier rauskomme. Blödes Alphabet, blödes. Wieso fängt das immer vorne an? Und wer hat eigentlich meinen bescheuerten Tarnnamen ausgesucht? Das war Onkel Gabriel, glaube ich. Vielen Dank auch. Mit diesem Namen darf man es echt nicht eilig haben. Vitus von Turbsnatas. Mit T. Einer der Buchstaben, die beim Rennen um die ersten Plätze im Alphabet den Startschuss nicht gehört haben. Das ist so ungerecht! Ich will es endlich wissen!

»Laheyne, Mike!«, ruft der Holzapfel.

Hey, das gilt nicht! Die haben beide denselben Nachnamen! Nur, weil sie zufällig Zwillinge sind! Das ist unfair! Die sehen total gleich aus, die können sich doch ein Zeugnis teilen! Das ist echt nicht auszuhalten. Ich beiße gleich in den Tisch vor Spannung.

»Ganz ruhig bleiben«, sagt Gustav neben mir. »Der Tisch kann nichts dafür.«

Oh, jetzt habe ich tatsächlich gerade in den Tisch gebissen. Es scheint aber zum Glück niemand außer Gustav gesehen zu haben.

»Das dauert viel zu lang«, knurre ich. »Aber das passiert mir ganz sicher nicht noch mal. Vor der nächsten Zeugnisausgabe ändere ich meinen Nachnamen in Aaron. Aber mit drei A. Oder besser vier. Dann komme ich auf jeden Fall als Erster dran.«

»Was soll *ich* denn da sagen?«, erwidert Gustav. »Ich heiße Wagner, ich bin sogar erst nach dir an der Reihe.«

»Ja, aber bei dir ist es nicht so spannend«, sage ich. »Du weißt schon, dass du versetzt wirst. Du musst nicht mehr zittern.«

»Das stimmt natürlich«, sagt Gustav und reibt aufmunternd meine Schulter. »Aber du wirst ganz sicher auch versetzt. Du hast dich so toll verbessert in den letzten Wochen, das reicht bestimmt.«

»Und was, wenn nicht?«, frage ich besorgt. »Dann bin ich nächstes Jahr ganz allein in einer neuen Klasse und darf nicht mehr mit euch befreundet sein.«

»Was? Wer erzählt denn so einen Blödsinn?«, erwidert Gustav. »Natürlich dürftest du noch mit uns befreundet sein. Das hat doch nichts damit zu tun, ob wir in einer Klasse sind.«

»Nicht?«, sage ich erleichtert. »Dann ist's ja gut. Ich dachte bloß, weil hier eigentlich immer nur Jungs befreundet sind, die in eine Klasse gehen. Zumindest kommt es mir so vor.«

»Nein, das täuscht«, sagt Gustav. »Mach dir keine

Sorgen, wir werden immer befreundet bleiben, egal in welche Klasse du nächstes Jahr gehst.«

»Das ist schön zu wissen«, sage ich. »Ich will aber trotzdem nicht in eine andere Klasse, ich will bei euch bleiben. Außerdem habe ich keine Lust, den ganzen Mist noch mal zu lernen, die letzten Wochen waren schon nervig genug.«

»Na, aber wenn du richtig gelernt hast, musst du nicht alles noch mal lernen, weil du jetzt ja alles weißt«, stellt Gustav fest.

»Ach, das hab ich doch alles schon wieder vergessen«, sage ich. »Aber das ist ja auch egal. Ich will nicht in eine andere Klasse. Und ich will *jetzt* mein Zeugnis, in dem hoffentlich drinsteht, dass ich bei euch bleiben kann.«

»Maasch, Christoph.«

Oh Mann! Gibt es denn hier wirklich für jeden Buchstaben einen Schüler? Ich will endlich drankommen! Das ist echt nicht auszuhalten! So müssen sich bei uns unten die Dreisten Vordrängler in Abteilung 20 fühlen. Die brennen alle lichterloh und stehen in einer ewig langen Schlange, die zu einem riesigen Pool voller Wasser führt. Und jedes Mal, wenn nur noch einer vor ihnen steht, finden sie sich plötzlich am Ende der Schlange wieder. Genauso fühlt sich das gerade für mich an. Ich lasse seufzend meinen Kopf auf den Tisch sinken.

Eine gefühlte, sehr quälende Ewigkeit später ist es

endlich so weit. Mehmet Sükan läuft mit seinem Zeugnis in der Hand grinsend an mir vorbei. Alles klar, der hat keinen Zwillingsbruder, jetzt müsste ich eigentlich dran sein.

»Von Turbsnatas, Vit…«, ruft der Holzapfel, aber da bin ich schon aufgesprungen und habe mit meinem Hintern den Stuhl umgerissen. Ich flitze nach vorne und strecke ihm meine offene Hand entgegen.

»Na, da hat es aber jemand sehr eilig«, sagt der Holzapfel und grinst mich an. »Geht's dir gut, Vitus? Kann ich irgendwas für dich tun?«

»Ja«, brumme ich ungeduldig. »Sie können mir mein Zeugnis geben. Davon hängt nämlich sehr stark ab, wie es mir gleich geht.«

»Ach, stimmt ja«, sagt der Holzapfel weiter grinsend. »Du weißt ja noch gar nicht, ob du versetzt wirst. Eins kann ich dir verraten: Das war eine sehr lange und hitzige Diskussion gestern auf der Lehrerkonferenz. Vor allem einer der Kollegen hat sich vehement dafür ausgesprochen, dass du die Klasse wiederholst.«

Aha. Ich glaube, ich weiß, wer das war. Okay, eigentlich kann es jeder gewesen sein, ich bin in allen Fächern schlecht. Aber ich tippe doch stark auf den Weinbockel, unseren Geografielehrer. Bei dem ist irgendwie alles, was ich sage, falsch. Was natürlich daran liegt, dass meine Antworten auf seine Fragen tatsächlich nie stimmen. Aber das hat einen Grund. Ich kann das alles nicht in meinem Kopf behalten, es ist zu viel. Woher soll ich denn wissen, ob Budapest ein Fluss, ein Berg, ein Land, eine fiese Krankheit oder eine Stadt ist? Bei uns unten gibt es keine Länder, keine Städte, da heißt einfach alles Hölle. Und wir haben nur einen einzigen Fluss, der heißt Styx, das kann man sich locker merken. Hier oben gibt es hundert Milliarden Flüsse und Berge und Städte und was weiß ich noch, deshalb verwechsle ich immer alles, und darum hat der blöde Weinbockel mich so auf dem Kieker.

Was er davon hätte, wenn ich sitzen bleibe, weiß ich allerdings nicht – selbst wenn ich diese blöde Geografie zehn Jahre lang wiederholen müsste, ich würde trotzdem alles vergessen.

»*Ich* habe mich aber sehr für dich eingesetzt, Vitus«,

fährt der Holzapfel fort. »Du hast in den vergangenen Wochen enorme Fortschritte gemacht, damit hat niemand gerechnet, zuallerletzt ich. Vor nicht einmal zwei Monaten hätte ich mein gesamtes Hab und Gut darauf verwettet, dass du sitzen bleibst. Zum Glück wollte aber niemand gegen mich wetten.«

Er zwinkert mir zu und drückt mir das Zeugnis in die Hand.

»Herzlichen Glückwunsch, Vitus«, sagt er lächelnd. »Wir sehen uns im nächsten Schuljahr wieder regelmäßig.«

Wie bitte, was? Ist das sein Ernst? Das glaube ich erst, wenn ich es schriftlich sehe. Meine Augen überfliegen das Zeugnis. Da sind sehr viele Vieren zu sehen. Und eine Fünf. In Geografie. Aber das ist die einzige Fünf. Und dort unten steht es, das Wort, auf das ich so sehr gehofft habe. Da steht: *Versetzt!*

»HUNDERTTAUSEND HEULENDE HÖLLENHUNDE!«, entfährt mir ein Freudenschrei. »ICH BIN VERSETZT, GUSTAV! AARON! ICH BIN TATSÄCHLICH VERSETZT!«

Die beiden stehen auf, ich stürme auf sie zu und drücke sie fest an mich.

»Danke, ihr zwei!«, sage ich. »Ohne euch hätte ich das nie geschafft!«

»Ach, wir haben dich doch nur ein bisschen unterstützt«, sagt Aaron. »Die Hauptarbeit hast du ganz allein geleistet. Geleistet.«

»Ja«, sagt Gustav. »Du kannst echt sehr stolz auf dich sein.«

»Bin ich auch!«, sage ich. »Und das ist ein ganz, ganz tolles Gefühl! Aber ohne eure Hilfe und vor allem eure Geduld wäre das nie etwas geworden! Ihr habt so viel Zeit für mich geopfert, das vergesse ich euch nie!«

»Ach ja, stimmt, die viele Zeit, die wir geopfert haben«, sagt Gustav. »Das hätte ich ja fast vergessen. Die muss im Erfolgsfall ja bezahlt werden. Weißt du, wie viele Stunden das insgesamt waren, Aaron?«

»Natürlich weiß ich das«, antwortet Aaron. »Wir haben insgesamt 187,34 Stunden damit verbracht, ihm zu helfen. Zu helfen.«

»Ach, doch so wenig?«, wundert sich Gustav. »Ich dachte, es wäre mehr gewesen. Aber gut, dann runden wir auf 190 Stunden auf und kriegen … Moment, ich muss rechnen … Vier im Sinn … Du schuldest uns exakt … jeweils ein Eis in Holland!«

Die beiden lachen und ich kapiere jetzt erst, dass sie mich veräppelt haben.

»Ein Eis nur?«, erwidere ich lachend. »Ihr kriegt von

mir so viel Eis, bis ihr platzt! ICH BIN VERSETZT! ICH BIN VERSETZT!«

Ich umklammere die beiden und hüpfe mit ihnen auf der Stelle auf und ab.

»Hey, ihr drei!«, ruft der Holzapfel lachend. »Ich freue mich ja immer, wenn sich jemand über sein Zeugnis freut. Aber noch sind keine Ferien. Bitte setzt euch wieder. Außer Gustav, der ist nämlich jetzt dran.«

Aaron und ich setzen uns und warten, bis Gustav mit seinem Zeugnis zurückkommt.

»Und, bist du zufrieden? Zufrieden?«, fragt Aaron.

»Na ja, es geht so, ich bin fast überall ein bisschen schlechter geworden als letztes Jahr«, antwortet Gustav und senkt seine Stimme. »Aber das war zu erwarten. Schließlich habe ich mich letztes Jahr noch nicht in der Hölle, in Parallelwelten und auf Zeitreisen herumgetrieben. Und ich musste mich auch noch nicht mit irgendwelchen Dämonen herumschlagen. Ich schätze mal, das hat mich dann doch ein bisschen von der Schule abgelenkt.«

»Dann ist es also meine Schuld, dass du schlechter geworden bist«, sage ich leise. »Das tut mir leid, das wollte ich nicht.«

»Das ist nicht schlimm«, sagt Gustav. »Unsere Freundschaft ist tausendmal mehr wert als ein gutes Zeugnis. Und bei all unseren Abenteuern hätten mir bessere Noten ganz sicher auch nicht weitergeholfen.«

Uff. Das erleichtert mich jetzt aber sehr, dass er mir nicht böse ist. Die meisten anderen hätten mir wahrscheinlich längst die Freundschaft gekündigt, wenn ich sie ständig in Gefahr gebracht hätte und ihr Zeugnis deshalb schlechter wäre. Ich habe wirklich verdammt viel Glück mit meinen Freunden.

»Was ist mit dir, Aaron?«, frage ich. »Ist dein Zeugnis auch schlechter geworden?«

»Nein, im Gegenteil«, antwortet Aaron. »Ich habe dieses Jahr sogar eine Eins mehr, in Sport. Meine Eltern hatten mich ja immer vom Sportunterricht befreit, weil sie Angst hatten, mit meinem Gehirn stimme etwas nicht. Bis Auribus dafür gesorgt hat, dass die Ärzte mein Gehirn völlig in Ordnung fanden. Und jetzt darf ich bei Sport wieder mitmachen und habe eine zusätzliche Eins gekriegt. Das ändert zwar nichts an meinem Einser-Durchschnitt, freut mich aber trotzdem. Trotzdem.«

»Sehr cool«, sagt Gustav. »Das bedeutet, dass wir alle zufrieden mit unseren Zeugnissen sind und nachher ganz entspannt nach Hölland fahren können.«

Holland. Es heißt eigentlich Holland. Das weiß mittlerweile sogar ich. Am Anfang konnte ich mir das aber wieder nicht merken und habe immer Hölland gesagt, weil mich der Name eben an die Hölle erinnert hat. Und weil die anderen das lustig fanden, sagen wir jetzt alle nur noch Hölland. Ich hoffe nur, dass das kein böses Omen ist – wir wollen nämlich in den Ferien möglichst nichts Höllisches erleben.

»Wann geht es los?«, frage ich. »Deine Eltern kommen um zwölf, hast du gesagt, oder?«

»Ja«, antwortet Gustav. »Habt ihr schon alles gepackt?«

Öh … Ich glaube, ja. Ich habe einfach ein paar T-Shirts und Unterhosen in den großen Rucksack gestopft, den ich letzte Woche mit Lilly zusammen unten im Dorf besorgt habe. Und einen Schlafsack haben wir auch gekauft. Da wusste ich zuerst nicht, was genau das sein soll, ein Schlafsack. Aber dann habe ich festgestellt, dass es so was bei uns unten auch gibt, da heißen die Dinger aber Wurstwickel. Die sind innen mit Stacheldraht genäht und da werden bei uns die Grausigen Grapscher in Abteilung 16 reingestopft und verkehrt herum an die Decke gehängt. Das sind diese widerlichen Typen, die hier oben vor allem Frauen, ohne zu fragen, an den Hintern grapschen. Die hängen dann einfach so rum und direkt vor ihren Augen laufen ständig Dämonen mit besonders hübschen Hintern vorbei, und jedes Mal

wenn ihre Hände zucken, ziehen sich die Wurstwickel enger zusammen. Diese Schlafsäcke hier oben machen das aber nicht. Zumindest hat das Lilly gesagt, nachdem sie sich erst mal wegen meiner Frage gründlich schlappgelacht hat.

»Also, ich habe meinen Schlafsack und ein paar Klamotten eingepackt«, beantworte ich Gustavs Frage. »Brauche ich sonst noch etwas?«

»Na ja«, sagt Gustav. »Ein Kulturbeutel wäre nicht schlecht. Hast du einen Kulturbeutel?«

Ein Kulturbeutel? Was ist das denn jetzt schon wieder? Was Kultur ist, weiß ich. Das ist alles, was mit Kunst zu tun hat. Also, Theater und Konzerte und solche Sachen, das nennt man Kultur. Aber so ein Konzert passt doch nicht in einen Beutel, oder? Ach ja, Bücher gehören auch dazu, glaube ich. Vielleicht meint Gustav ja das. Aber ich bin doch nicht bescheuert und nehme Bücher mit in die Ferien. Von Büchern habe ich nach der ganzen Lernerei erst mal die Schnauze voll. Ein paar Comics werde ich mitnehmen, da macht das Lesen wenigstens Spaß. Sind Comics auch Kultur? Brauche ich dafür extra einen Beutel?

»Ach, ich nehme nur ein paar Comics mit«, sage ich. »Die stecke ich in meinen Rucksack, das geht schon.«

»Kann es sein, dass du nicht weißt, was ein Kulturbeutel ist?«, fragt Gustav kichernd. »Das hat mit Comics nämlich nichts zu tun.«

»Na, aber was soll denn da sonst rein?«, frage ich. »Ich will sonst keine Kultur mitnehmen.«

»Die Bezeichnung Kulturbeutel stammt vom Begriff Körperkultur«, erklärt Aaron. »Da kommen deine Hygieneartikel rein, deine Zahnbürste, Zahnpasta, Duschgel und solche Sachen. Sachen.«

»Was, das soll ich alles mitschleppen?«, frage ich. »Ich dachte, es sind Ferien. Muss man da etwa auch duschen und sauber sein und gut riechen und der ganze Quatsch?«

»Wenn du willst, dass deine Reisebegleiter die Ferien auch genießen können, ja«, sagt Gustav grinsend.

»Ich kann dir einen Kulturbeutel leihen«, sagt Aaron. »Meine Eltern haben mir für jeden Krankenhausaufenthalt einen neuen geschenkt, ich besitze insgesamt dreiundzwanzig Exemplare in allen möglichen Größen. Größen.«

»Na gut«, sage ich seufzend. »Wenn es unbedingt sein muss, nehme ich eben so einen blöden Kulturbeutel mit. Sonst noch was?«

»Badehose hast du eingepackt?«, fragt Gustav.

Ich nicke.

»Dann solltest du eigentlich alles …«, sagt Gustav, wird aber von Holzapfel unterbrochen.

»So, wir sind durch!«, ruft er. »Ich hoffe, ihr seid alle zufrieden mit euren Zeugnissen. Ich freue mich jedenfalls sehr, dass kein Einziger von euch sitzen geblieben ist und ich euch alle im nächsten Schuljahr wiedersehen werde. Bis dahin wünsche ich euch wunderschöne Ferien! Habt eine tolle Zeit und ganz viel Spaß!«

Oh ja, das werden wir ganz sicher. Ich meine, ich fahre mit meinen beiden besten Freunden und meiner Schwester nach Hölland zum Campen – was sollte denn da *keinen* Spaß machen?

Irgendwas Wuscheliges

So, hab ich alles? Schokolade für Cornibus, meine Comics, den Schlafsack. Ach ja, mein Dämonenhandbuch nehme ich lieber auch mit, man weiß ja nie, was passiert. Außerdem brauchen wir es auf jeden Fall, um den Sprachenspruch anzuwenden, damit wir Holländisch verstehen. Ich hole das Buch aus meiner Nachttischschublade und stecke es in den Rucksack. Jetzt muss mir Aaron nur noch diesen komischen Kulturbeutel bringen, dann … Oh, es klopft, das ist er bestimmt.

»Komm rein!«, rufe ich.

Die Tür öffnet sich, es sind Aaron und Gustav, sie tragen beide prall gefüllte Rucksäcke auf dem Rücken und jeweils noch eine kleinere Tasche in den Händen. Aaron geht auf mich zu und drückt mir etwas Kleines aus Stoff in die Hand.

»Hier«, sagt er. »Der Kulturbeutel. Kannst ihn behalten, ich habe ja mehr als genug davon. Davon.«

»Super, danke«, sage ich.

Ich öffne den Reißverschluss des Beutels und stopfe die Sachen hinein, die ich mir bereits zurechtgelegt habe.

»Wieso sind eure Rucksäcke denn so voll?«, frage ich die beiden. »Meiner ist noch ganz leer. Habe ich etwas vergessen?«

»Also, ich kann ohne mein Lieblingskissen nur sehr schlecht einschlafen«, sagt Aaron. »Das nimmt natürlich viel Platz weg. Außerdem habe ich noch zwei dicke Pullover und eine Regenjacke eingepackt. An der Nordsee kann man sich nie auf das Wetter verlassen. Verlassen.«

»Bei mir sind es hauptsächlich Klamotten zum Wechseln«, sagt Gustav. »Wir sind ja immerhin drei Wochen weg und die meiste Zeit draußen, da wird schnell mal was dreckig.«

»Hm, okay, das wusste ich nicht«, sage ich. »Dann habe ich vielleicht zu wenig eingepackt.«

»Lass mich raten«, sagt Gustav grinsend. »Du hast für

die drei Wochen nur drei T-Shirts und drei Unterhosen eingepackt?«

»Fünf«, erwidere ich. »Es sind fünf Unterhosen. Zwei für jede Woche. Und ich habe gerade heute Morgen eine frische angezogen, die zählt schon mit.«

»Vergiss es«, sagt Gustav. »Du packst jetzt für jeden Tag eine Unterhose ein. Und du wirst sie auch anziehen, und zwar freiwillig. Sonst erzähle ich es Lilly. Und du weißt, dass sie dir die Dinger notfalls über den Kopf zieht.«

»Okay, okay!«, sage ich abwehrend. »Ich packe alle Unterhosen ein, die ich habe!«

»Und alle T-Shirts«, ergänzt Aaron. »Hast du Flipflops für den Strand? Den Strand?«

Wie bitte, was soll ich haben? Flipflops? Was ist das denn jetzt schon wieder? Kann man das essen?

Aaron und Gustav werfen sich einen amüsierten Blick zu.

»Schuhe«, sagt Gustav. »Das sind Schuhe für den Strand. Sie sind ganz flach und oben offen. Wenn man damit läuft, machen sie ein Geräusch, das sich anhört wie Flipflop.«

»Du wirst sie brauchen, sonst verbrennst du dir die Fußsohlen«, fügt Aaron hinzu. »Sand wird in der Sonne bis zu 80 Grad heiß. Grad heiß.«

Aha. Schuhe für den Strand gegen Hitze von unten.

Nun ist es an mir, den beiden einen amüsierten Blick zuzuwerfen.

»Ihr seid ja süß«, sage ich grinsend. »Schon vergessen, wo ich herkomme? In der Hölle kannst du auf dem Boden Wasser kochen und da laufe ich meistens barfuß rum. Wenn mir etwas *nichts* ausmacht, dann ist das Hitze, egal ob von oben oder unten.«

»Punkt für dich«, sagt Gustav zwinkernd.

Ich gehe an meinen Schrank und stopfe alle meine T-Shirts und Unterhosen in den Rucksack. Voll ist er jetzt immer noch nicht, aber gut gefüllt.

»Alles klar«, sage ich und hänge den Rucksack über meine Schulter. »Wir treffen uns unten mit Lilly, nehme ich an?«

»Ja«, antwortet Gustav. »Um kurz vor zwölf vor der Hausmeisterwohnung, haben wir gesagt.«

»Okay, dann los«, sage ich.

Wir bewegen uns alle in Richtung Tür, als uns plötzlich ein ohrenbetäubendes Brüllen zusammenzucken

lässt. Wir drehen uns um und sehen einen riesigen Löwen, der sein Maul weit aufgerissen hat.

»Oh«, sage ich. »Da hätte ich doch fast das Wichtigste vergessen.«

»CORNIBUS AUCH HÖLLAND!«, brüllt mich der Löwe an. »LUZIE CORNIBUS MITNEHMEN! CORNIBUS NICHT ALLEIN HIERBLEIBEN! SONST SCHULE ESSEN!«

»Natürlich kommst du mit, Cornibus«, sage ich. »Ich würde dich doch nie allein hierlassen. Ich war nur ein bisschen durcheinander wegen der Unterhosen und der Schlipp-Schlopps oder wie die Dinger heißen. Außerdem warst du eben noch ein Maikäfer, ich habe dich nicht gesehen, tut mir leid.«

»Dripdrops lecker?«, fragt Cornibus. »Cornibus Dripdrops essen?«

»Das weiß ich nicht«, antworte ich. »Kannst ja mal Gustav fragen, ob er dich von seinen probieren lässt. Aber jetzt verwandele dich erst mal, als Löwe nehmen dich Gustavs Eltern ganz bestimmt nicht mit.«

Cornibus verwandelt sich in seine ursprüngliche Gestalt.

»Ich fürchte, du musst dich noch kleiner machen«, sage ich. »Verwandele dich in eine Maus, so kann ich dich heimlich transportieren. Leider werde ich dich volle drei Wochen lang vor Gustavs Eltern verstecken müssen.«

»Wirst du nicht«, sagt Gustav grinsend. »Ich habe nämlich eine Überraschung für euch. Cornibus muss sich nicht verstecken. Ich habe meinen Eltern gesagt, du hättest einen Hund, den du nicht allein lassen kannst. Meine Eltern lieben Hunde total, sie haben sofort zugestimmt und extra einen Campingplatz ausgesucht, auf dem Hunde erlaubt sind.«

»Oh, das ist ja lieb«, sage ich. »Wie cool! Danke, Gustav! Hörst du, Cornibus? Wir müssen dich nicht verstecken. Du musst dich nur in einen Hund verwandeln und die ganze Zeit ein Hund bleiben. Das schaffst du doch, oder?«

»Cornibus nicht pflanze Zeit Hund«, antwortet er. »Cornibus schlimmdestens einmal Tag Cornibus sein muss. Sonst Cornibus für immer Hund.«

»Was?«, sage ich erstaunt. »Oh, das wusste ich ja gar nicht. Aber das sollte kein Problem sein, du kannst dich ja nachts immer zurückverwandeln. So, wie ich das verstanden habe, sind wir doch im Zelt allein, oder?«

Ich sehe Gustav fragend an.

»Genau«, antwortet er. »Wir vier schlafen in einem

Zelt und meine Eltern im Wohnmobil. Das geht also auf jeden Fall.«

»Sehr gut«, sage ich. »Das ist echt super, dass wir ihn nicht die ganze Zeit verstecken müssen.«

»Bleibt nur noch die Frage, in was für einen Hund er sich verwandelt«, sagt Aaron. »Es gibt insgesamt an die 400 unterschiedliche Hunderassen auf der Welt. Hast du deinen Eltern irgendetwas über die Rasse gesagt oder sonst irgendwelche spezifischen Angaben zu seinem Aussehen gemacht? Gemacht?«

»Na ja«, antwortet Gustav. »Ich wollte sie nicht abschrecken, darum habe ich gesagt, Luzie hätte einen kleinen süßen Hund. Es sollte also möglichst kein ausgewachsener Bernhardiner sein.«

»Hm, klein und süß also«, sage ich nachdenklich. »Ich kenne nicht viele Hunderassen hier oben. Bei uns unten gibt es nur Höllenhunde und die sind meistens eher groß und hässlich. Außer Cerberus, der ist echt süß. Aber der hat zwei Köpfe.«

»Äh … nein«, sagt Gustav. »Mit einem süßen, zweiköpfigen Hund würden wir nur unnötig Aufsehen erregen und meine Mutter wahrscheinlich nachhaltig verstören, weil sie nie wüsste, welchen Kopf sie zuerst streicheln soll.«

»Ich mag ja Dackel sehr gern«, sagt Aaron. »Die sind echt putzig. Putzig.«

»Ja, Cornibus hat sich unten immer in einen Dackel verwandelt, wenn er unbedingt etwas von mir wollte«, sage ich. »Dann legt er seinen Dackelblick auf und es ist sehr schwer, ihm zu widerstehen.«

»Nein, das ist auch nichts für meine Eltern«, sagt Gustav. »Die stopfen ihn dann von morgens bis abends mit Essen voll. Außerdem sind kurze Dackelbeine sehr unpraktisch im Sand, könnte ich mir vorstellen.«

»Ich hab's!«, platzt es aus mir heraus. »Es gibt doch diesen Hund in dem einen Comic! Der ist voll schlau! Und klein und süß ist er auch. Wie heißt der noch mal gleich? Der ist ganz weiß.«

»Struppi«, sagt Gustav. »Du meinst Struppi.«

»Genau«, sage ich. »Was für eine Hunderasse ist Struppi?«

»Struppi ist ganz sicher ein Foxterrier. Foxterrier«, antwortet Aaron.

»Ah, okay«, sage ich und wende mich an Cornibus. »Kannst du dich in einen Foxterrier verwandeln?«

Cornibus verwandelt sich und sieht kurz darauf tatsächlich so aus wie Struppi, nur mit einem schwarzen Fleck am Auge.

»Super!«, sage ich und kraule seinen Kopf. »Merk dir das. So musst du immer aussehen, wenn Gustavs Eltern in der Nähe sind.«

»Und was ist mit seinen Hörnchen?«, fragt Aaron. »Normale Hunde haben keine Hörnchen, das könnte auffallen. Auffallen.«

»Stimmt«, sage ich. »Kannst du die Hörnchen vielleicht mit Fell bedecken, Cornibus? Irgendwas Wuscheliges. Dann fallen sie darunter nicht so auf.«

Cornibus lässt zwei Büschel Fell über die Hörnchen wachsen.

»Perfekt!«, sage ich. »Jetzt sieht man sie so gut wie gar nicht mehr. Damit müssten wir durchkommen, oder?«

Aaron und Gustav nicken.

»Braucht er noch einen Menschenhundenamen?«, fragt Gustav. »Ich habe meinen Eltern noch nicht gesagt, wie er heißt.«

»Cornibus Name Cornibus. Immer. Nie anders.«

»Ja, mit seinem Namen ist er sehr eigen«, sage ich. »Als ich ihn gekriegt habe, habe ich ihm ein paar andere Namen vorgeschlagen, aber er besteht auf Cornibus.«

»Das dürfte kein Problem sein«, sagt Aaron. »Hunde haben sehr oft die seltsamsten Namen. Bei uns in der Nachbarschaft gab es mal einen Cockerspaniel, der hieß Boing-Boing. Ich denke demnach nicht, dass wir mit dem Namen Cornibus irgendwie Verdacht erregen werden. Erregen werden.«

»Alles klar«, sage ich und beuge mich zu Cornibus hinunter. »Dann bist du ab sofort mein Hund Cornibus, der Foxterrier. Bleib am besten gleich so, Gustavs Eltern kommen ja schon in einer Viertelstunde.«

Wir verlassen mein Zimmer und machen uns auf den Weg nach unten.

Als wir auf dem Schulhof ankommen, sehen wir Lilly und Onkel Wolfram schon vor der Hausmeisterwohnung stehen. Wir winken den beiden und Lilly stürmt auf uns zu.

»Und?«, ruft sie mir aufgeregt entgegen. »Wie ist dein Zeugnis? Hast du es geschafft?«

»Ja«, sage ich breit grinsend. »Ich bin versetzt!«

»Oh, wie toll!«, sagt sie und schließt mich in ihre Arme. »Das freut mich total für dich! Herzlichen Glückwunsch!«

»Danke«, sage ich und drücke sie fest an mich. »Ohne dich und die Jungs hätte das nie geklappt. Ihr habt mir wirklich sehr geholfen, vielen Dank noch mal dafür.«

»Nichts zu danken, Bruderherz«, sagt Lilly und drückt mich fest zurück. »Sehr gern geschehen.«

Sie lässt mich los und lächelt mich an. Es ist so schön, sie wieder lächeln zu sehen. Die ersten Wochen nach unserer Zeitreise war sie noch sehr traurig, weil wir es nicht geschafft haben, unsere Mutter zu retten. Mir ging es ähnlich, aber ich hatte mit der ganzen Lernerei sehr viel Ablenkung, das hat geholfen. Bei Lilly ist es aber zum Glück auch besser geworden. Je näher es auf die Ferien zuging, desto besser wurde ihre Laune. Ich glaube, sie freut sich sehr auf unseren Urlaub.

Wir gehen zusammen auf Onkel Wolfram zu. Wir haben ihm nichts von unserer Zeitreise erzählt, aber seit wir ihn dort im Krankenhaus bei Mama gesehen haben, habe ich irgendwie endlich verinnerlicht, dass er auch mein Onkel ist, vorher hatte ich ihn immer nur als Lillys Onkel oder Herrn Rosenberg bezeichnet. So nenne ich ihn in der Öffentlichkeit natürlich trotzdem noch, es darf ja niemand wissen, dass wir verwandt sind. Aber als ich ihn neulich zum ersten Mal Onkel Wolfram genannt habe, war er sehr gerührt und hat sogar ein Tränchen verdrückt.

»Na, ihr!«, begrüßt uns Onkel Wolfram fröhlich. »Alles bereit für die große Fahrt?«

»Alles bereit, Herr Rosenberg«, sagt Gustav, während er etwas in sein Smartphone tippt. »Meine Eltern müssten jeden Moment hier sein, ich habe gerade eine Nachricht gekriegt.«

»Oh, wer ist denn dieser süße kleine Fratz?«, fragt Onkel Wolfram und zeigt auf Cornibus. »Den kenne ich doch. Aber normalerweise siehst du anders aus, nicht wahr?«

Er beugt sich zu Cornibus nach unten, Cornibus springt in seine Arme.

»Onkel Dosenzwerg!«, sagt Cornibus und schleckt ihm das Gesicht ab. »Cornibus Hund in Hölland!«

»Ja, und was für ein Süßer!«, sagt Onkel Wolfram lachend. »Eine sehr gute Idee, dann musst du dich nicht immer verstecken! Du kannst aber auch gern bei mir bleiben, dann bin ich nicht so allein, weil mich niemand mit in den Urlaub nimmt.«

Er wirft uns allen einen vorwurfsvollen Blick zu.

»Tut mir echt leid, Herr Rosenberg«, sagt Gustav. »Ich habe meine Eltern ja gefragt, aber es ist kein Platz für eine weitere Person im Camper.«

»Schon gut, ich weiß doch, dass du es versucht hast, Gustav«, sagt Onkel Wolfram. »War auch nur Spaß. Ich bin euch nicht böse oder so, keine Sorge. Und mir wird auch bestimmt nicht langweilig, ich habe in den Ferien endlich mal Zeit, um in der Schule ein paar Sachen zu reparieren, die schon ganz lang darauf warten.«

»Wirklich, Onkel Wolfram?«, fragt Lilly. »Es macht dir nichts aus? Soll ich nicht vielleicht doch lieber hierbleiben, damit du nicht so allein bist?«

»Hm, wenn du mich so fragst«, sagt Onkel Wolfram und sieht Lilly ernst an. »Ja, damit würdest du mir in der Tat eine sehr große Freude machen. Das ist sehr lieb von dir, Lilly. Dann bringe ich deine Sachen am besten gleich wieder rein, oder?«

Er greift nach Lillys Rucksack.

»Wie bitte, was?«, ruft Lilly entsetzt. »Aber ... Aber so geht das doch nicht! Du ... Du musst sagen, dass das nicht nötig ist und dass ich natürlich sehr gern in die Ferien fahren darf! So funktioniert das! Du kannst doch nicht ... Das ist gegen die Regeln!«

»Nicht, wenn man seine einzige Nichte, die man über alles lieb hat, ein bisschen veräppeln will«, sagt Onkel Wolfram und zwinkert Lilly breit grinsend zu.

»Oh ... du ... du mieser Fiesling!«, sagt sie und fängt an zu lachen. »Ich hab dir das jetzt echt abgenommen! Na warte, das kriegst du irgendwann zurück!«

»Damit habe ich fest gerechnet«, sagt Onkel Wolfram. »Aber nicht in den nächsten drei Wochen. Da hast du nämlich keine Zeit dafür, weil du ganz viel Spaß haben musst. Versprichst du mir das?«

»Ja«, sagt Lilly und drückt ihn ganz fest. »Das verspreche ich dir, du alter Fiesling.«

»Hey, ich bin zwar fies, aber nicht alt«, erwidert Onkel Wolfram lachend. »Und du musst mir noch was versprechen. Ihr alle müsst mir noch was versprechen.«

Er sieht uns ernst an.

»Versprecht mir, dass ihr nichts Höllisches unternehmt«, sagt er. »Keine Dämonen, keine komischen Sprüche, niemand wird in irgendwas verwandelt, ihr bringt euch nicht in Gefahr, alles bleibt absolut unteuflisch, okay?«

»Du weißt, dass wir das nicht garantieren können?«, sagt Lilly. »Wenn da plötzlich ein Dämon auftaucht und uns angreift, müssen wir uns wehren. Oh, apropos, vielleicht sollte ich doch meine Streitaxt einpacken? Nur vorsichtshalber.«

»Die Axt bleibt hier«, sagt Onkel Wolfram bestimmt. »Natürlich müsst ihr euch verteidigen, wenn ihr angegriffen werdet. Ihr sollt mir nur versprechen, dass ihr selbst nichts macht, was so etwas erfordern könnte, okay?«

»Versprochen«, sage ich. »Keine Sorge, wir haben selbst absolut keine Lust auf irgendetwas Höllisches. Wir wollen einfach nur in aller Ruhe unsere Ferien genießen. Stimmt's, Leute?«

Aaron, Gustav und Lilly nicken.

»Sehr gut«, sagt Onkel Wolfram. »Und es wäre nett, wenn ihr euch ab und zwischendurch mal meldet, damit ich weiß, dass alles okay ist.«

»Kein Problem«, sagt Lilly. »Ich werde dir jeden Tag lauter stinklangweilige und garantiert nicht höllische Fotos vom Strand schicken.«

»Mach das«, sagt Onkel Wolfram lächelnd. »Diese Art von Fotos mag ich am liebs…«

MÖÖÖÖÖÖÖÖÖÖP!

Ein ohrenbetäubendes Geräusch von hinten lässt uns alle erschreckt zusammenzucken. Was war *das* denn?

Ich drehe mich um, hinter uns steht ein sehr großes Auto. Oder? Ist das ein Auto? Es sieht eher aus wie ein kleines Haus auf Rädern. Und wieso haben wir es nicht gehört? Normalerweise hört man Autos immer, wenn sie näher kommen. Dann erschreckt man sich auch nicht so, wenn sie plötzlich hinter einem stehen.

Wir treten alle ein paar Schritte zurück, um dieses Ding zu betrachten. Doch, das ist definitiv ein Auto, vorne guckt jemand aus dem Fenster, ein Mann, er lacht.

»Sorry, ich wollte euch nicht erschrecken!«, sagt er.

Die Fahrertür öffnet sich, er steigt aus. Er trägt so einen Trainingsanzug, den Fußballer manchmal anhaben. Außerdem hat er eine Brille und einen dichten Bart und er ist in der Mitte etwas rundlich. Er lächelt uns an und macht insgesamt einen sehr sympathischen Eindruck.

Von der anderen Beifahrerseite ist das Knallen einer Tür zu hören, kurz darauf kommt eine Frau vorne um das Auto herum auf uns zu. Sie ist blond, trägt eine Jogginghose und ein T-Shirt und sieht ebenfalls sehr sympathisch aus. Sie bleibt neben dem Mann stehen, beide lächeln uns an.

»Das ist also unsere famose Reisetruppe«, sagt die Frau. »Ihr seht ja alle wirklich ganz entzückend aus!«

Gustav geht auf die beiden zu.

»Hallo, Mama! Hallo, Papa!«, sagt er und lässt sich von den beiden herzlich drücken.

Nach einem Moment geht Lilly zu der Frau und streckt ihr die Hand entgegen.

»Hallo, Frau Wagner«, sagt sie. »Ich bin Lilly.«

»Na, das dachte ich mir doch gleich«, sagt Gustavs Mutter zwinkernd. »Du bist ja hier nicht nur das einzige, sondern auch noch das hübscheste Mädchen. Ich bin sehr froh, dass du dabei bist, dann bin ich nicht die einzige Frau unter all diesen Kerlen.«

»Hihi«, kichert Lilly. »Mit denen werden wir schon fertig.«

Aaron geht mit ausgestreckter Hand auf Gustavs Vater zu. Oh nein! Wenn er sich jetzt vorstellt, tritt er ihm ans Schienbein, das ist einer von Aarons Ticks!

»Guten Tag, Herr Wagner«, sagt Aaron. »Ich bin Aaron. Verzeihung, ich muss das jetzt machen. Machen.«

Aaron tritt kräftig zu. Ein dumpfes POCK! ertönt. Herrn Wagners Gesicht verzieht sich zu einem breiten Grinsen.

»Gar kein Problem«, sagt er. »Gustav hat mich gewarnt, dass das passieren wird.«

Er bückt sich, krempelt die Beine seiner Trainingshose nach oben und präsentiert zwei Schienbeinschoner. »Du darfst dich gern noch mal vorstellen«, sagt er zu Aaron und zwinkert ihm zu.

»Das passiert immer nur beim ersten Mal«, sagt Aaron. »Aber vielen Dank, dass Sie sich vorbereitet haben, damit ich mich nicht schlecht fühlen muss. Das war sehr rücksichtsvoll von Ihnen. Ich glaube, ich mag Sie jetzt schon. Jetzt schon.«

»Und mich? Mich magst du nicht, oder wie?«, fragt Gustavs Mutter grinsend. »Los, komm her und stell dich vor. Ich habe nämlich extra auch solche Dinger angezogen. Das war sogar meine Idee.«

»Sehr erfreut, Sie kennenzulernen, Frau Wagner. Ich bin Aaron«, sagt Aaron und tritt ihr ans Schienbein. »Sie sind mir mindestens genauso sympathisch wie Ihr Gatte. Und klug und vorausschauend sind Sie offenbar auch noch. Ich denke, das wird ein äußerst erfreulicher Urlaub. Urlaub.«

»Oh, das wird es ganz sicher«, sagt Gustavs Mutter. »Aber nur, wenn ihr sofort mit dieser blöden Siezerei aufhört. Frau Wagner ist der Name von Gustavs Oma. Ich bin die Nina und so dürft ihr mich auch gerne nennen. Außer Gustav, natürlich, da bestehe ich auf Mama. Ich finde es sehr befremdlich, wenn Kinder ihre Eltern mit Vornamen ansprechen.«

»Ja, das finde ich auch total seltsam«, sagt Gustavs Vater.

Er kommt auf mich zu und streckt mir seine Hand entgegen.

»Du musst Vitus sein«, sagt er lächelnd. »Gustav hat schon sehr viel von dir erzählt. Ich heiße übrigens Jörg. Das gilt natürlich für euch alle.«

Ach was, hat er? Irgendwie freut mich das, ich weiß auch nicht, warum. Vielleicht, weil es bedeutet, dass er mich nicht vergessen hat, wenn er zu Hause war, das finde ich schön zu wissen. Wobei das, was er zu Hause von mir erzählt hat, ganz sicher nicht die Wahrheit gewesen sein wird – er hat mich Vitus genannt, also kennt er nur meine Tarngeschichte. Oh, da müssen wir aufpassen, fällt mir ein. Die beiden wissen ganz sicher auch nicht, dass Lilly und ich Geschwister sind, wir müssen also sehr vorsichtig sein, damit wir uns nicht verplappern. Das muss ich den anderen gleich sagen, wenn wir das nächste Mal allein sind.

»Hallo, Jörg«, sage ich und schüttle seine Hand. »Schön, Sie … äh … dich kennenzulernen.«

Es fühlt sich irgendwie komisch an, einen Erwachsenen zu duzen, den ich nicht kenne, aber daran gewöhnt man sich bestimmt schnell.

Onkel Wolfram stellt sich auch noch kurz vor, dann haben sich alle bekannt gemacht. Oder fast alle. Ninas Blick fällt auf Cornibus und sie quiekt entzückt auf.

»Ach, du meine Güte, ist der niedlich!«, sagt sie. »Komm her, ich muss dich sofort abknuddeln, du zuckersüßer Fellhaufen!«

Sie schnappt sich Cornibus vom Boden, drückt ihn an ihr Gesicht und wuschelt ihn kräftig durch.

»Ja, das gefällt dir, nicht wahr?«, sagt sie mit quiekender Stimme. »Davon kriegst du jetzt jeden Tag so viel, wie du willst.«

Zum Glück gefällt es Cornibus offenbar wirklich, so von ihr geschmust zu werden – er bellt fröhlich und schleckt ihr das Gesicht ab.

»Wie heißt er eigentlich, der süße Racker?«, fragt Nina. »Das hat uns Gustav gar nicht verraten.«

»Cornibus«, sage ich. »Er heißt Cornibus.«

»Cornibus, aha«, wiederholt sie. »Den Namen habe ich ja noch nie gehört. Aber er passt irgendwie zu ihm, finde ich. Nicht wahr, du süßer kleiner … Oh, was ist das denn? Er hat hier was am Kopf. Das fühlt sich an wie zwei kleine Hörnchen. Hat er das schon immer? Das ist hoffentlich nichts Schlimmes.«

»Äh … nein«, sage ich und suche verzweifelt nach einer guten Erklärung. »Das ist … Öh …«

»Ein Geburtsfehler«, kommt mir Aaron zu Hilfe. »Das haben alle aus seinem Wurf. Kommt wahrscheinlich von der Überzüchtung. Aber es beeinträchtigt ihn nicht, es ist nichts Gefährliches. Gefährliches.«

»Na, dann ist's ja gut«, sagt Nina und drückt Cornibus fest an sich. »Wir wollen nämlich alle, dass es dir gut geht, du süßer kleiner Cornibus. Freust du dich? Heute Nachmittag kannst du schon am Strand herumtollen und Möwen jagen!«

Cornibus bellt einmal laut, Nina lacht.

»Wenn das bis heute Nachmittag klappen soll, müssen wir uns so langsam auf den Weg machen«, sagt Jörg. »Ich weiß nicht, wie lang wir mit diesem Ding brauchen, ich kenne mich damit noch nicht aus. Wir müssen auf jeden Fall ein paar Ladepausen machen, aber ich kann schwer einschätzen, wie lang die dauern werden.«

»Das mit den Pausen finde ich sehr gut«, sagt Nina. »Dann kommen wir nicht so abgehetzt an. Und Cornibus freut sich bestimmt auch, wenn er ab und zu mal rauskommt. Nicht wahr, Cornibus?«

Cornibus bellt wieder einmal laut.

»Ladepausen?«, fragt Aaron neugierig und zeigt auf das große Auto. »Das bedeutet, dies ist ein elektrisch betriebenes Wohnmobil? Ich hatte es bereits vermutet, weil kein Motorengeräusch zu hören war. Hören war.«

Stimmt, das hat mich ja auch schon gewundert, deshalb haben wir uns ja so erschreckt.

»Ja, das ist ein Elektroauto«, sagt Jörg. »Ich wusste gar nicht, dass es die als Camper auch schon gibt. Und es war gerade einer frei, da dachte ich, wir probieren das mal.«

»Sehr interessant«, sagt Aaron. »Ich wollte schon immer mal mit einem Elektroauto fahren. Ich bin sehr gespannt auf diese Erfahrung. Erfahrung.«

Ich auch. Also nicht wegen dem Elektro, davon habe ich keine Ahnung. Aber ich bin noch nie in so einem großen Auto gefahren. Ich bin eigentlich bis jetzt überhaupt erst dreimal in einem Auto mitgefahren, das waren alles Taxis, als wir in Frankreich waren. Ob das gut war, weiß ich nicht mehr so genau, da waren wir sehr abgelenkt. So groß waren diese Taxis aber jedenfalls nicht, ich bin schon sehr gespannt, wie das von innen aussieht.

»Na, dann lasst uns doch am besten gleich aufbrechen«, sagt Jörg. »Habt ihr alles?«

Wir gucken auf unsere Rucksäcke und Taschen, die um uns verteilt auf dem Boden liegen, und nicken.

Jörg öffnet eine Klappe seitlich an dem großen Auto, dort liegen bereits ein paar Taschen drin.

»Dann packt mal alles hier rein, was ihr für die Fahrt nicht braucht«, sagt er. »Und falls nicht genug Platz ist, drinnen gibt es auch noch jede Menge Stauraum.«

Wir stopfen alles in das Fach, Onkel Wolfram hilft uns dabei. Dann gehen wir um das Auto herum und steigen an der Beifahrertür ein. Ui! Jetzt weiß ich, warum das *Wohn*mobil heißt! Da kann man ja echt drin wohnen! Es gibt einen Tisch mit vier Sitzen, direkt gegenüber sind ein paar Schränke über einem kleinen Herd und nebendran steht etwas, das ein kleiner Kühlschrank sein könnte.

»Guckt mal, da oben kann man schlafen!«, sagt Lilly und zeigt an die Decke.

Oh, stimmt, da oben gibt es eine Öffnung, in die man zum Schlafen reinkrabbeln kann, das ist wirklich sehr praktisch.

»Wie cool!«, sagt Gustav, der vor einer schmalen geöffneten Tür weiter hinten steht. »Hier gibt es sogar eine Dusche!«

Echt? Also, darauf hätte man gut verzichten können, finde ich. Wer braucht denn in den Ferien am Meer eine Dusche? Da ist man doch sowieso jeden Tag von Kopf bis Fuß im Wasser. Und wenn das Wetter zu schlecht für den Strand ist, wird man trotzdem sauber, weil es regnet. Nein, eine Dusche in einem Auto ist echt Platzverschwendung, ich hätte da noch einen Schrank hingebaut, für Schokolade, davon kann man in den Ferien schließlich auch nie genug dabeihaben.

»Hach ja«, sagt Onkel Wolfram seufzend. »So ein Wohnmobil wollte ich mir auch schon immer mal anschaffen und einfach drauflosfahren. Das ist echt toll, man hat sein Zuhause immer dabei. Vergesst nicht, euch anzuschnallen, Kinder.«

»Machen wir«, sagt Lilly und umarmt Onkel Wolfram ganz fest. »Ich werde dich vermissen.«

»Ich dich auch, Kleines«, sagt er und wendet sich an uns. »Und euch natürlich auch. Passt gut auf euch auf. Und seid lieb zu euren netten Gastgebern.«

Wir verabschieden uns alle von Onkel Wolfram. Er verlässt das Wohnmobil und verabschiedet sich draußen von Gustavs Eltern, dann kommen die beiden zu uns rein.

Sie setzen sich auf die beiden Sitze vorne und nicken sich zu. Plötzlich drehen sich die Sitze um und sie gucken direkt zu uns.

»Sehr cool, diese schwenkbaren Sitze, oder?«, sagt Jörg grinsend. »Aber jetzt erst mal zu einem ernsten Thema. Ich erkläre euch jetzt die zwölf Regeln für diesen Urlaub, die von euch zu jeder Zeit zu befolgen sind.«

Och nö, bitte nicht, keine Regeln. Regeln sind doof, davon gibt es doch in der Schule schon genug, die brauche ich in den Ferien nicht auch noch.

»Regel Nummer 1!«, sagt Jörg. »Ihr verpflichtet euch dazu, jeden einzelnen Tag von morgens bis abends … möglichst viel Spaß zu haben!«

Er lacht laut auf und klopft sich mit den flachen Händen auf die Schenkel, während wir erleichtert aufatmen.

»Hast du ihre Gesichter gesehen, Schnucki?«, grölt er Nina zu. »Sie dachten wirklich, ich ballere sie mit Regeln zu! Haha! Unbezahlbar!«

»Gewöhnt euch schon mal dran«, sagt Nina und zwinkert uns zu. »Das wird nicht der letzte blöde Witz sein, den er in diesem Urlaub gemacht hat. Und jetzt setzt euch mal alle und schnallt euch an, damit wir losfahren können.«

Sie wartet noch, bis wir sitzen und angeschnallt sind, dann dreht sie sich mit dem Sitz nach vorne, Jörg ebenfalls.

»Ist es okay, wenn Cornibus hier vorne auf meinem Schoß bleibt?«, fragt Nina. »Er scheint sich bei mir sehr wohlzufühlen. Ich habe auch extra einen Hundesicherheitsgurt gekauft.«

»Klar, kein Problem«, antworte ich.

»Alles klar! Dann kann's ja losgehen!«, sagt Jörg. »Auf nach Holland!«

»Bei uns heißt das jetzt Hölland, Papa«, sagt Gustav. »Vitus hat sich versprochen, das fanden wir so lustig, dass wir es jetzt immer sagen.«

»Auf nach Hölland!«, rufen Jörg und Nina zusammen.

»AUF NACH HÖLLAND!«, rufen wir im Chor zurück.

Das Wohnmobil setzt sich ohne ein Geräusch in Bewegung – jetzt fangen die Ferien richtig an!

Ein flaches Haus

»I'M ON A HIGHWAY TO HELL! HIGHWAY TO HELL!«

Hihi, das ist witzig. Jörg hat genau den gleichen Musikgeschmack wie Papa. Und er grölt die Lieder genauso laut und schief mit.

Bis jetzt war die Fahrt sehr lustig. Wir sitzen zu viert an diesem Tisch und können aus dem Fenster gucken, es ist fast wie Zugfahren, nur, dass eben keine anderen Leute da sind.

Zuerst sind wir auf kleineren Straßen durch ganz viel Wald gefahren, es ging ständig links und rechts und hoch und runter, da ist mir sogar ein bisschen schlecht geworden, aber nicht lang, dann hatte ich mich daran gewöhnt.

Autofahren scheint eigentlich ganz einfach zu sein. Dieses Wohnmobil sagt einem immer, wann man wo genau abbiegen muss, dafür macht es sogar extra die Musik leiser. Ich wusste gar nicht, dass es bei Autos auch Männer und Frauen gibt, dieses hier ist offenbar weiblich, es hat nämlich eine sehr nett klingende Frauenstimme.

Irgendwann war der Wald zu Ende und kurz danach sind wir auf eine sehr große Straße abgebogen, auf der manchmal sogar vier Autos nebeneinander fahren können. Diese Straßen heißen Autobahnen und auf so einer fahren wir jetzt schon eine ganze Weile lang immer geradeaus.

»HIGHWAY TO HELL!«, singen Jörg und Nina jetzt im Chor. »HIGHWAY TO HELL!«

»Hihi«, kichert Lilly. »Das Lied passt ja wirklich perfekt. Wir sind auf einer Autobahn nach Hölland, on a highway to hell.«

Ach so, Highway heißt Autobahn, das wusste ich noch gar nicht. Dann ergibt das Lied aber eigentlich gar keinen Sinn, es gibt nämlich keine Autobahn, die zu uns runter in die Hölle führt. Ach, egal, gut ist es trotzdem.

»Was macht ihr zuerst, wenn ihr am Strand seid?«, fragt Lilly. »Ich werde zuallererst meine nackten Füße im Sand vergraben und mit den Zehen wackeln, das mache ich immer, das ist so ein ganz wundervoll gemütliches Gefühl, finde ich.«

»So was Ähnliches kenne ich auch«, sagt Gustav. »Nur im Wasser. Wenn man sich dicht an den Rand stellt, sodass nur die kleinen Wellen über die Füße schwappen, dann sinkt man im Sand ganz leicht ein, wenn das Wasser zurückfließt, das mag ich total.«

»Meine Füße haben diesbezüglich keine Präferenzen«, sagt Aaron. »Ich stelle mich auf einem Bein ans Meer und atme siebzehnmal ganz tief die frische Seeluft ein. Seeluft ein.«

Alle drei sehen mich erwartungsvoll an.

»Öh … keine Ahnung«, sage ich schulterzuckend. »Ich habe noch kein Strandritual. Ich war doch erst ein Mal am Meer, als wir in der Bretagne waren. Nein, stimmt nicht, in Omas Welt waren wir auch am Strand, aber das zählt für mich nicht, weil es nicht hier bei uns war.«

»Stimmt«, sagt Lilly. »Und Bretagne war im Winter, da war es zu kalt, um die Füße im Sand zu vergraben. Jetzt kannst du das aber auch machen, das wird dir gefallen.«

»Okay, dann machen wir das doch am besten alle zusammen«, schlage ich vor. »Dann haben wir …«

»An der nächsten Ausfahrt gibt es eine Ladestelle!«, unterbricht mich Jörg von vorne. »Ich finde, es wird höchste Zeit für eine kleine Pause!«

»Gute Idee«, sagt Nina. »Cornibus will sich bestimmt

auch mal die Beine vertreten. Und er muss ja auch sicher etwas trinken, oder?«

Eine sehr gute Frage. Trinken Hausdämonen? Habe ich Cornibus jemals etwas trinken gesehen? Ich glaube nicht. Bei uns unten gibt es ja kaum etwas Flüssiges außer Lava. Ach ja, und Teer, das ist Papas Lieblingsgetränk, aber das mochte ich nie, deshalb habe ich in der Hölle selbst äußerst selten etwas getrunken. So was wie Durst kannte ich gar nicht, bevor ich nach St. Fidibus gekommen bin. Aber Cornibus trinkt selbst hier oben nichts, zumindest habe ich es noch nie bewusst mitgekriegt.

»Öh … ja …«, sage ich. »Das kann sicher nicht schaden. Aber er trinkt nur, wenn er wirklich Lust hat. Also nicht wundern, falls er nichts trinkt, das ist normal.«

»Aha«, sagt Nina. »Ich merke schon, Cornibus ist ein ganz besonderer Hund. Schnurrt er bei euch auch wie eine Katze, wenn ihr ihn streichelt? Das ist sooooo süß!«

Ja, das macht er immer, wahrscheinlich, weil er als Katze mein Lieblingstier ist und ich ihn so oft darum bitte, sich in eine Katze zu verwandeln. Hoffentlich wird er nicht aus Versehen mal eine Katze, wenn Nina ihn streichelt, das wäre nicht gut.

Jörg lenkt das Wohnmobil an der nächsten Ausfahrt von der Autobahn herunter und zwei Minuten später fahren wir auf ein großes flaches Gebäude zu, vor dem schon ganz viele andere Autos stehen. Komisch, haben die sich alle hier verabredet, oder was machen die hier?

Ich beuge mich nach links zu Gustav und flüstere in sein Ohr.

»Sag mal, fahren die alle mit uns nach Hölland, oder was ist das für ein Auflauf hier?«, frage ich.

»Was? Nein«, sagt Gustav und kichert leise. »Das ist eine Tankstelle. Dort kaufen Autofahrer das Benzin für ihre Autos. Die gibt es überall, bei uns im Dorf ist doch auch eine, die hast du bestimmt schon mal gesehen, direkt am Ortsausgang. Die ist aber nicht so groß.«

Ah, ja, ich erinnere mich, da steht auch so ein flaches Haus. Aber da stehen nicht so viele Autos davor, höchstens mal eins. Ich dachte, da wohnt einfach jemand, der keine spitzen Dächer mag.

Wir fahren an den Autos vorbei auf einen großen Parkplatz hinter dem flachen Haus.

»Ah, da ist ja die Ladesäule«, sagt Jörg und fährt auf einen weißen Klotz zu, der an einem freien Platz steht.

Er rollt langsam vorwärts an den Klotz heran, bis wir

kurz davor stehen bleiben. Wir steigen alle aus und strecken uns erst mal ausgiebig.

»Wo hast du denn Cornibus' Leine?«, fragt mich Nina. »Nicht, dass er uns abhaut.«

»Öh … Leine?«, erwidere ich, weil ich nicht weiß, was sie meint.

»Cornibus braucht keine Leine«, sagt Aaron schnell. »Er ist sehr wohlerzogen und läuft nie weg. Nicht wahr, Cornibus? Cornibus?«

Er wirft Cornibus einen strengen Blick zu und kriegt ein kurzes Bellen als Antwort.

»Hunde werden normalerweise angeleint«, flüstert Gustav mir zu. »Damit sie nicht einfach überall rumlaufen.«

Ach so, ja, doch, das habe ich schon gesehen. Das sind die Hunde mit einer Schnur um den Hals, da ziehen sie dann immer wie verrückt dran, weil sie wegwollen. Kann ich verstehen, ich möchte auch keine Schnur um den Hals haben. Und ich denke nicht, dass Cornibus sich das gefallen lassen würde, er würde die Schnur sofort durchbeißen oder sich in etwas Kleines verwandeln, damit sie abfällt.

»Hm, na gut«, sagt Nina. »Hoffentlich kriegen wir dann auf dem Campingplatz keinen Ärger. Es kann gut sein, dass man Hunde dort anleinen muss.«

»Ach, die sollen sich mal nicht so anstellen«, sagt

Jörg. »Der Hund ist ja wirklich sehr lieb. Solange er niemanden stört, muss er auch nicht angeleint werden, fertig. Ich schließe jetzt mal das Auto an. Vorausgesetzt, ich kriege das hin.«

Er geht an den weißen Klotz und liest etwas, das in kleiner Schrift vorne draufsteht. »Aha … Okay …«, murmelt er vor sich hin. »Freischalten … Kabel einstecken … Das sollte machbar sein.«

Er zückt sein Handy, tippt kurz darauf herum und richtet es dann auf den Klotz. Ein kurzes Piepen ertönt. Jörg zieht eines der Kabel aus der Seite und steckt es vorne ins Wohnmobil.

»So, das war's schon«, sagt er grinsend. »Einfacher geht's kaum, ich bin begeistert.«

»Ich auch«, sagt Aaron. »Das ist definitiv die Zukunft des Autofahrens. Kein Lärm, keine Abgase, und wenn der Strom dann auch noch aus erneuerbarer Energie stammt, ist es auch umweltfreundlich. Wie lange dauert das Aufladen denn jetzt? Denn jetzt?«

»In einer halben Stunde können wir weiterfahren«, antwortet Jörg. »Das ist als Pause genau richtig, finde ich. Wer mit einem Wohnmobil unterwegs ist, ist ja sowieso im Urlaub und nicht auf der Flucht. Wer hat Lust auf Eis? Ich gebe eine Runde aus!«

Oh ja, ein Eis ist eine sehr gute Idee! Das finden die anderen auch, da sind wir uns schnell einig.

»Dann holt ihr mal das Eis, Cornibus und ich bleiben solange hier und passen auf das Wohnmobil auf«, sagt Nina. »Bringt mir bitte eins mit. Irgendwas mit Schokolade.«

Eine sehr gute Idee, das werde ich auch nehmen.

Jörg geht vor, wir laufen hinter ihm her auf die Tankstelle zu.

Als wir näher kommen, sehe ich am Eingang eine Glastür, die sich immer wieder in der Mitte teilt und sich dann zischend öffnet und wieder schließt, wenn jemand reingelaufen ist. Hihi, solche Dinger haben wir unten auch. Die sind in Abteilung 97 bei den Aufdringlichen Neugierigen. Das sind diejenigen, die ständig ungefragt ihre Nasen in anderer Leute Angelegenheiten stecken. Die stehen vor einer Mauer, in der überall in Augenhöhe Löcher drin sind, und wenn sie vor lauter Neugier ihre Köpfe durch die Löcher stecken, geht auf der anderen Seite so eine Tür sehr schnell zu – und bei uns sind die Ränder dieser Türen messerscharf. Hier ja sicher nicht, oder?

Mir ist ein bisschen mulmig, als ich hinter Lilly durch die Tür trete, aber es passiert nichts.

Ich sehe mich um. Aha, das ist also eine Tankstelle. Sieht ein bisschen so aus wie der Supermarkt bei uns im Dorf. Die Regale sind nicht so hoch und es gibt noch mehr Kühlschränke, in denen aber keine Essenssachen stehen, nur Flaschen und Getränkedosen. In den Regalen scheint es fast nur Schokolade und andere Süßigkeiten zu geben – gut, dass Cornibus nicht mitgekommen ist, das wäre wahrscheinlich nicht gut ausgegangen.

Jörg steuert zielgerichtet auf eine große blaue Box zu, die neben einem Regal steht. Wir stellen uns alle um ihn herum auf. Die Box hat einen Glasdeckel, da kann man durchgucken und ganz viele kleine Päckchen in unterschiedlichen Farben sehen. Was da wohl drin ist?

»Wisst ihr, was ihr wollt?«, fragt Jörg.

Die anderen nicken. Ich nicht. Ich dachte, wir kriegen ein Eis. Ich weiß, was Eis ist. Das habe ich bei uns im Dorf schon ganz oft gegessen. Da sucht man sich die Sorte aus und kriegt es dann in so eine spitze Tüte gestopft, die man auch essen kann. So was sehe ich hier aber nicht.

Jörg schiebt die Hälfte des Glasdeckels zur Seite, jeder greift in die Box und holt sich eines der Päckchen heraus, Jörg nimmt gleich zwei. Hm, okay dann ist das wohl auch Eis. Seltsam.

»Kannst du dich nicht entscheiden, Vitus?«, fragt mich Jörg. »Das geht mir auch ganz oft so.«

»Äh … ja«, sage ich. »Welches ist denn das für Nina?«

Er streckt mir eins seiner beiden Päckchen entgegen.

»Okay, dann nehme ich auch so eins, bitte«, sage ich.

Lilly zwinkert mir zu, greift in die Truhe, zieht eins der Päckchen für mich heraus und gibt es Jörg.

»Alles klar, dann sind ja alle versorgt«, sagt Jörg. »Muss noch jemand Pipi oder so? Ihr könnt zwar auch im Wohnmobil gehen, aber da ist es ziemlich eng. Ich habe es ausprobiert und bin fast nicht mehr rausgekommen.«

Offenbar muss niemand von uns, wir schütteln alle die Köpfe.

»Okay«, sagt Jörg. »Aber ich sollte lieber gehen, merke ich gerade. Hältst du bitte mal das Eis, Vitus?«

»Ich glaube, dann gehe ich doch auch noch mal«, sagt Lilly und drückt mir ihr Eis in die Hand.

»Ich auch«, sagt Gustav und streckt mir sein Eis entgegen. »Geht das?«

Ich nicke und bilde mit beiden Armen eine Kuhle, um das ganze Eis halten zu können, Gustav legt seins dazu.

»Ich weiß nicht, ob es der Herdentrieb ist, aber plötzlich verspüre ich auch das Bedürfnis, mich zu erleichtern«, sagt Aaron und legt sein Eis auf die anderen. »Danke fürs Halten. Halten.«

Die vier zischen ab. Na toll. Jetzt stehe ich hier mit einer Ladung Eis auf den Armen. Hoffentlich beeilen die sich, das wird ganz schön kalt, stelle ich gerade fest. Unangenehm kalt. Ich bin Kälte nicht gewohnt. Jedenfalls nicht so direkt auf der Haut. Oh, sind das da drüben etwa die Kekse, die ich so gerne mag? Die kaufe ich bei uns im Supermarkt auch immer. Ich glaube, davon nehme ich ein Päckchen mit. Oder besser zwei, Cornibus mag die auch sehr gerne.

Ich gehe an das Regal und versuche, mir eine Packung Kekse zu greifen, aber es geht nicht mit dem ganzen Eis, ich habe keine Hand frei. Ich muss das Eis irgendwo zwischenlagern. Ich gehe zurück an die blaue Box, schaffe es aber nicht, den Glasdeckel mit dem Ellenbogen aufzuschieben. Ich schaue mich um. Ah, was ist das denn da drüben neben dem Eingang? Dort steht ein blaues rundes Ding, da ist dasselbe Zeichen drauf wie auf der Eisbox. Ich gehe darauf zu. Oben ist eine metallische rechteckige Fläche. Die ist bestimmt dafür gedacht, Eis darauf abzulegen, perfekt. Ich lasse die Eispäckchen von meinen

Armen auf die Fläche purzeln, die plötzlich nach innen wegklappt. Huch, wo ist denn das ganze Eis jetzt auf einmal geblieben? Ach, ich verstehe. Es ist in dem blauen Ding verschwunden, das wahrscheinlich innen kühl ist, damit das Eis nicht schmilzt. Immer wieder höchst erstaunlich, was die Menschen so alles erfinden.

So, dann kann ich ja jetzt die Kekse holen. Ich gehe an das Regal und schnappe mir drei Packungen. Oh, was ist das denn? Feurige Chips? Das klingt gut, die sind bestimmt scharf, das mag ich, hier oben schmeckt das meiste ja eher lasch. Am besten, ich nehme gleich vier Tüten. Ach, und da sind ja auch diese leckeren Erdnüsse mit Schokolade, die mag ich ja auch sehr. Aber die Packungen sind so klein, die sind immer ruckzuck leer gefuttert. Da nehme ich gleich sieben, die mag Lilly auch gerne, das weiß ich. Oh, und da ist ja auch die viereckige Schokolade, die Cornibus so liebt. Vielleicht gibt es die in Hölland ja nicht. Aaron hat mir erklärt, dass es nicht in allen Ländern die gleichen Sachen gibt. Das sind aber viele Sorten. Welche nehme ich bloß? Hmm, ich nehme einfach von jeder Sorte zwei. Gibt es hier eigentlich keine Einkaufswagen? Ich sehe kaum noch, wo ich hinlaufe mit dem ganzen Zeug auf den Armen. Und diese ganzen großen Kühlschränke mit den Getränken machen mich irgendwie durstig, ich muss unbedingt noch etwas von dieser gelben Limo kaufen, die schmeckt super.

Ich schwanke, die ganzen Sachen vor mir auf den Armen balancierend, auf die Kühlschränke zu. Mist, wie kriege ich denn jetzt die Tür …

»Luzie, bist du das?«, höre ich plötzlich Gustavs Stimme hinter den Chipstüten. »Was machst du denn da? Willst du die Tankstelle leer kaufen?«

»Öh … na ja …«, sage ich. »Ich dachte, ein paar Vorräte könnten nicht schaden. Das ist dann etwas ausgeufert. Kannst du mir vielleicht helfen?«

Gustav nimmt mir einige der Sachen ab, dann sehe ich ihn auch. Ich öffne einen der Kühlschränke und nehme zwei Flaschen Limo heraus.

»Willst du auch was?«, frage ich Gustav.

»Öh … Wenn du mich so fragst, ja, gerne«, antwortet er und schnappt sich auch zwei Flaschen.

»Was ist mit den anderen?«, frage ich. »Lilly mag gern Cola, oder? Und Aaron trinkt meistens Wasser, oder?«

»Und Eistee«, sagt Gustav. »Aaron mag Eistee, am liebsten Pfirsich.«

Eistee? Was ist das denn jetzt schon wieder? Tee trinkt man doch heiß, das weiß ich vom Frühstück in St. Fidibus. Und wenn der Tee kalt wird, schmeckt er nicht mehr. Wird er dann eingefroren und später wieder heiß gemacht? Kapier ich nicht. Aber egal, ich muss ihn ja nicht trinken. Gustav greift sich zwei Flaschen Eistee, ich nehme die Cola, jetzt sind meine Arme wieder gefüllt und ich habe keine Hand mehr frei, Gustav auch nicht.

»Was wird das denn?«, ertönt Lillys Stimme neben uns. »Habt ihr heimlich beschlossen, für immer in Höl-land zu bleiben?«

»Luzie ist gerade einem akuten Anfall von Kaufrausch erlegen«, sagt Gustav.

»Was denn?«, erwidere ich. »Das Zeug ist doch für uns alle. Und ihr dürft Cornibus nicht vergessen, der würde das alles an einem Vormittag verputzen, wenn man ihn lässt.«

»Stimmt auch wieder«, sagt Lilly. »Dir ist aber hoffentlich klar, dass das alles an einer Tankstelle mindestens dreimal so teuer ist wie in einem Supermarkt? Wenn du gesagt hättest, dass du einen Jahresvorrat an Süßigkeiten und Knabberzeug mitnehmen willst, hätten wir das alles doch gestern noch im Dorf einkaufen können.«

»Ach, das ist doch egal«, sage ich. »Geld hab ich mehr als genug.«

Onkel Gabriel hat mir an meinem Geburtstag noch einen ganzen Schuhkarton voll mit diesen grünen Scheinen in die Hand gedrückt. Er findet immer mal wieder welche davon bei den Jungs von Abteilung 13a. Da sitzen bei uns die Bankräuber. Und eigentlich ist das gar keine richtige Abteilung, die müssen zur Strafe einfach nur in der Höllenbank arbeiten, das ist eine der grausamsten Strafen von allen, sagt Papa immer.

»Aha, Geld hast du also mehr als genug, gut für dich«, sagt Lilly. »Etwas hast du allerdings nicht.«

Ich sehe sie fragend an.

»Gummibärchen«, sagt sie grinsend. »Du hast Gummibärchen vergessen.«

»Oh, stimmt!«, sage ich. »Die hab ich nicht gesehen, wo sind die denn?«

Wir folgen Lilly zu einem Regal voller Gummibärchen.

»Oh, die sind neu!«, sagt sie begeistert und zeigt auf ein Päckchen. »Und die da kenne ich auch noch nicht. Welche soll ich denn nehmen?«

»Nimm von jeder Sorte zwei Päckchen«, sage ich. »Oder besser drei. Cornibus mag die ja auch.«

Lilly packt sich die Arme voll mit Gummibärchentüten.

»Was habt ihr denn vor?«, erklingt Aarons Stimme hinter uns. »Wollt ihr die Nordsee entsalzen oder wofür braucht ihr so viel Zucker? Viel Zucker?«

»Ach, so viel ist das doch gar nicht«, sage ich. »Und wir werden ja nicht alles auf einmal essen, das ist für den gesamten Urlaub. Kannst du uns vielleicht beim Tragen helfen? Sonst verlieren wir wahrscheinlich die Hälfte auf dem Weg zur Kasse.«

Aaron greift sich von jedem etwas und wir bewegen uns langsam auf die Kasse zu.

»Holla!«, ruft uns Jörg zu, der gerade von der Toilette kommt. »Ich sehe, ihr wollt euch in den nächsten drei Wochen ausschließlich gesund ernähren! So muss das aber auch sein, finde ich! In den Ferien ist alles erlaubt! Ich hoffe, ihr gebt mir was ab!«

Er lacht.

»Habt ihr im Lotto gewonnen?«, fragt er. »Ihr wisst

hoffentlich, dass Tankstellenpreise grundsätzlich dreimal so hoch sind als anderswo?«

»Geld spielt keine Rolle«, sagt Lilly grinsend. »Vitus ist reich.«

»Gut für ihn«, sagt Jörg. »Aber das Eis bezahle trotzdem ich, das habe ich ja gesagt. Wo ist es denn?«

»Das habe ich da drüben in dem kleinen Kühlschrank zwischengelagert«, sage ich und nicke auf das blaue Ding neben dem Eingang. »Damit es nicht schmilzt. Sehr praktische Erfindung, finde ich.«

Alle Köpfe drehen sich in Richtung Eingang.

»Kleiner Kühlschrank?«, sagt Lilly. »Was denn für ein kleiner Kühlschrank?«

»Na, das blaue runde Ding da«, sage ich. »Da ist doch extra das Logo der Eisfirma drauf.«

Aaron, Gustav und Lilly schauen sich an und versuchen ganz kurz, ein Lachen zu unterdrücken, dann prusten alle drei aber doch laut los.

»Oh Mann«, stöhne ich. »Was habe ich denn jetzt schon wieder falsch gemacht?«

»Das … Das ist kein Kühlschrank«, antwortet Lilly lachend. »Das ist … ein Mülleimer! Hahaha!«

»Ein Mülleimer?«, erwidere ich verwundert. »Aber das kann man doch von außen überhaupt nicht erkennen. Da müssen die doch Müll draufschreiben und nichts mit Eis, oder so.«

»Ja, aber das weiß doch jeder, dass das ein Mülleimer ist«, sagt Jörg verwirrt. »Hast du etwa noch nie einen Mülleimer gesehen?«

»Doch, klar«, sage ich. »So was gibt's ja in St. Fidibus auch. Aber die sind oben offen, da sieht man sofort, dass da Müll reingehört. Oder da ist ein Deckel drauf, den man erst hochheben muss, dann sieht man auch, dass das ein Mülleimer ist. Und Mülleimer sind ja auch meistens grau und hässlich. Dieses blaue Ding da sieht viel zu schick aus, das ist total irreführend, das hätte jedem passieren können.«

»Hätte es nicht«, sagt Lilly grinsend. »Solche Sachen passieren immer nur dir.«

»Ja, aber … Ich verstehe das nicht …«, sagt Jörg und kratzt sich verwundert am Kopf. »Ich meine … Warst du denn noch nie an einer Tankstelle? Oder in einem Schwimmbad? Diese Mülleimer gibt es doch ganz oft, das musst du doch kennen.«

»Ich hab's euch doch erklärt, Papa«, sagt Gustav. »Vitus hat bis letztes Jahr in Ungarn gelebt, in einem Schloss. Dort war er komplett von der Außenwelt abgeschottet. Er musste nie selbst raus zum Einkaufen oder so, das haben alles die Angestellten seines Vaters gemacht. Darum sind ganz viele Sachen, die für uns selbstverständlich sind, für ihn komplett fremd.«

»Aha, verstehe«, sagt Jörg. »Stimmt, das mit Ungarn

und dem Schloss hast du erzählt. Ich hätte nur nicht gedacht, dass das solche Auswirkungen hat. Na, dann hoffe ich mal, dass er uns nicht mit seinen Angestellten verwechselt, nicht wahr?«

Er boxt mir leicht auf den Arm und zwinkert mich grinsend an. Dann sieht er sich kurz in alle Richtungen um und senkt seine Stimme.

»Hat dich denn irgendjemand dabei beobachtet, als du das Eis in den Mülleimer geworfen hast?«, fragt er flüsternd. »Ich würde nur ungern doppelt für unser Eis bezahlen.«

»Wieso doppelt?«, frage ich verwundert. »Muss man an Tankstellen etwa auch für Eis im Mülleimer bezahlen?«

»Wenn man es selbst da reingeworfen und vorher nicht bezahlt hat, ja«, sagt Lilly. »Das wäre Diebstahl.«

Was, echt? Nein, ein Dieb will ich auf gar keinen Fall sein, davon gibt es bei uns unten schon jede Menge in Abteilung 13 bei den Räubern und Dieben. Denen wird jeden Tag zur Strafe ein anderes Körperteil geklaut, das sie dann in einem Riesenberg von Körperteilen im Dunkeln suchen müssen.

»Na ja, so drastisch würde ich es nun nicht ausdrücken«, sagt Jörg verlegen. »Nicht, dass es hinterher heißt, ich hätte euch zum Klauen animiert. Das war ja nur ein Versehen, Vitus hat das Eis ja nicht mit böser Absicht in den Mülleimer geworfen, um jemandem zu schaden. Dafür sollte er dann auch nicht bestraft werden, finde ich. Und ich auch nicht. Vor allem dann nicht, wenn das Eis wie hier sowieso völlig überteuert ist.«

»Wenn das Eis bezahlt werden muss, dann bezahle ich es natürlich«, sage ich. »War ja schließlich meine Schuld. Und, wie Lilly schon gesagt hat: Geld spielt keine Rolle.«

»Wie du willst«, sagt Jörg schulterzuckend. »Dann geht ihr doch schon mal mit eurem ganzen Zeug an die Kasse und ich hole neues Eis.«

Ohne Gitarren

Zehn Minuten später laufen wir, jeder mit einer vollen Tüte und Eis in den Händen, zurück zum Wohnmobil. Je näher wir kommen, desto lauter ist ein sehr tiefes Knurren abwechselnd mit lautem Hundegebell zu hören.

Wir sind fast am Wohnmobil, als uns Nina plötzlich entgegenstürmt.

»Wo bleibt ihr denn so lang?«, fragt sie vorwurfsvoll. »Mit Cornibus stimmt etwas nicht. Er macht mir Angst.«

Wie bitte? Das kann ich mir überhaupt nicht vorstellen, Cornibus würde nie jemandem Angst machen, den er mag. Und Nina mag er sehr, das habe ich schon gemerkt.

»Los, kommt schon!«, fordert Nina uns auf und verschwindet hinter dem Auto.

Wir folgen ihr. Als wir auf der anderen Seite des Wohnmobils ankommen, sehen wir Cornibus. Er steht mit gesträubtem Fell vor einer silbernen Schale auf dem

Boden und knurrt und bellt sie an. Nina hält sich in sicherem Abstand ein paar Schritte entfernt und zeigt mit zittrigem Finger auf Cornibus.

»Das macht er schon die ganze Zeit«, sagt sie. »Ich hätte nie gedacht, dass ein so süßer Fratz plötzlich so böse werden kann. Dabei habe ich ihm doch bloß etwas zu fressen hingestellt. Wir haben extra zwei Dosen Hundefutter für die Fahrt und den ersten Abend gekauft, falls wir heute nicht mehr zum Einkaufen kommen.«

Ich gehe ein Stück näher und werfe einen Blick in die Schüssel. Ich hatte es dem ekligen Geruch nach bereits vermutet, jetzt bin ich mir sicher.

»Das hat nichts mit dir zu tun, Nina«, sage ich. »Er würde dich nie anknurren oder anbellen. Das liegt an dem Futter. Das ist Fleisch, oder? Cornibus isst kein Fleisch. Er ist Vegetarier. Ich übrigens auch.«

»Wie bitte, was?«, erwidert Nina ungläubig staunend. »Dass *du* Vegetarier bist, hat uns Gustav erzählt, darauf sind wir vorbereitet. Aber Cornibus? Ein Hund? Das ist nicht dein Ernst, oder?«

»Ich habe schon was über vegetarische Hunde gelesen«, sagt Jörg. »Es gibt mittlerweile sogar extra vegetarisches Hundefutter. Aber ich dachte, das liegt dann daran, dass die Besitzer Vegetarier sind und die armen Hunde keine Wahl haben, weil sie einfach nichts anderes kriegen. Von einem Hund, der aus Überzeugung Vegetarier ist, habe ich noch nie etwas gehört. Abgefahren.«

»Ja, Cornibus ist da sehr sensibel«, erkläre ich. »Er liebt Tiere und wird echt sauer, wenn er mitkriegt, dass sie gegessen werden.«

»Na prima«, sagt Jörg seufzend. »Und wir haben einen Kühlschrank voll Grillfleisch im Wohnmobil. Dann wird das wohl nichts mit den leckeren Bratwürstchen heute Abend, auf die ich mich schon so sehr gefreut hatte.«

»Doch, doch, keine Sorge«, sage ich. »Das kriege ich schon hin, ich werde ihn solange ablenken. Ihr sollt nicht unseretwegen auf irgendwas verzichten, das wäre ja blöd, sind ja auch eure Ferien. Und es ist auch hauptsächlich rohes Fleisch, das ihn stört.«

»Uff!«, atmet Jörg erleichtert auf. »Ich hätte nur sehr ungern auf meine Bratwürstchen verzichtet. Camping ohne Grillen ist nämlich wie … wie … Rock 'n' Roll ohne Gitarren.«

»Oder wie ein Hund, der kein Fleisch frisst«, sagt Nina. »Ich kann das immer noch nicht so ganz fassen. Aber gut zu wissen, dass er nicht *mich* angeknurrt hat.«

»Das würde er nie machen«, sage ich. »Er mag dich nämlich sehr gern, das spüre ich.«

Ich greife mir die Schüssel mit dem Fleisch und drehe mich damit von Cornibus weg, er hört sofort auf zu knurren und stürmt auf Nina zu, um sich von ihr streicheln zu lassen. Ich schaue mich um und entdecke einen großen grauen Kasten ein paar Schritte vom Wohnmobil entfernt.

»Seht ihr?«, sage ich und zeige darauf. »So muss ein Mülleimer aussehen, dann erkennt man ihn auch gleich!«

Ich gehe zielstrebig darauf zu und versuche, die Klappe oben zu öffnen, aber es funktioniert nicht.

»Er geht nicht auf!«, rufe ich den anderen zu.

»Das könnte daran liegen, dass dies kein Mülleimer, sondern ein elektrischer Verteilerkasten ist. Verteilerkasten ist«, sagt Aaron und Lilly fängt wieder an zu lachen.

»Müll kommt da drüben rein«, sagt Gustav kichernd und zeigt auf eine Ansammlung unterschiedlich farbiger Tonnen. »Die graue, nicht die grüne, die ist für Verpackungsmüll.«

Hrmpf. Die spinnen doch hier oben mit ihrem komischen Müllsystem. Bei uns unten wird einfach alles ins nächstgelegene Feuer geworfen, das ist viel einfacher.

Ich gehe zurück zu den anderen, wo Jörg gerade das Eis verteilt. Ich öffne meins absichtlich langsamer als

die anderen, um zu gucken, was sie machen – keine Lust, mich gleich noch mal zu blamieren, das hat jetzt erst mal gereicht. Ah, da guckt unten ein Stiel aus Holz raus, daran hält man das Eis fest und schleckt es dann, das ist ja praktisch.

Wir stehen im Kreis und alle essen genüsslich ihr Eis. Cornibus postiert sich direkt vor Nina und winselt. Das war klar, sobald es etwas Leckeres gibt, fängt er an zu betteln. Und bei uns versucht er es erst gar nicht, wir kennen das schon, bei Nina rechnet er sich größere Chancen aus.

»Och, du Armer«, sagt sie und streichelt über seinen Kopf. »Jetzt haben wir gar nichts zu fressen für dich. An der Tankstelle gibt es bestimmt kein vegetarisches Hundefutter, das können wir erst morgen in Holland kaufen. Was machen wir denn solange mit dir? Du sollst uns ja nicht verhungern.«

Das wird garantiert nicht passieren. Bevor Cornibus verhungert, frisst er eher das Wohnmobil. Aber eine Kleinigkeit hat er nach dem Schreck mit dem Hundefutter schon verdient, finde ich.

Ich greife hinter mich in eine der Tüten von der Tankstelle, die auf dem Boden stehen, und ziehe einen Schokoriegel heraus. Ich wickle das Papier ab, gehe in die Hocke und strecke ihn in Richtung Cornibus aus, der mittlerweile Jörg anwinselt.

»Cornibus!«, sage ich. »Guck mal, ich hab was Leckeres für dich!«

Cornibus dreht sich um und seine Mundwinkel gehen steil nach oben, es sieht tatsächlich so aus, als würde er grinsen. Er kommt auf mich zu, Sabber tropft aus seinen Lefzen, er öffnet sein Maul und …

»NEIN! NICHT!«, schreit Jörg plötzlich.

Im gleichen Moment holt er mit seinem rechten Bein aus und tritt mir gezielt den Schokoriegel aus der Hand, der in hohem Bogen durch die Luft fliegt. Davon lässt sich Cornibus natürlich nicht aufhalten, er stößt sich kräftig mit seinen Hinterbeinen ab, schnellt in die Höhe, vollzieht einen Salto und schnappt sich die Schokolade.

»VERDAMMT!«, flucht Jörg. »NEHMT ES IHM AB! SCHNELL! SCHOKOLADE IST GIFT FÜR HUNDE! ER KANN DARAN STERBEN!«

Wie bitte, was? Schokolade ist Gift? Glaub ich nicht. Etwas, das so lecker ist, kann unmöglich giftig sein. Und für Cornibus schon gar nicht, der verträgt alles, ich habe ihn bei uns unten sogar schon einmal Lava fressen gesehen. Aber, klar, das wissen Nina und Jörg natürlich nicht, sie denken, er ist ein ganz normaler Hund.

Die beiden hechten auf Cornibus zu, der sich aber blitzschnell unter das Wohnmobil verzieht und dort genüsslich schmatzend seine Beute verputzt.

»Schnell, helft uns!«, fordert Jörg uns auf. »Wir müssen ihn da rausholen und in eine Tierklinik bringen, bevor es zu spät ist!«

»Beruhigt euch«, sagt Gustav. »Cornibus frisst jeden Tag Schokolade, das macht ihm nichts aus.«

»Genau«, sage ich. »Ich habe auch noch nie gehört, dass Schokolade giftig ist.«

»Für Hunde normalerweise schon«, sagt Aaron. »Ihnen fehlt ein Enzym, das den in Kakao enthaltenen Giftstoff Theobromin im Körper abbaut. Das kann sehr schnell sehr gefährlich werden und sogar zum Tod führen. Cornibus ist aber offensichtlich eine Ausnahme, ihm schadet Schokolade nicht. Wahrscheinlich handelt es sich um eine genetische Mutation. Das kommt öfter vor, als man denkt. Man denkt.«

Aaron zwinkert uns zu. Aha. Was es alles gibt. Da bin ich aber sehr erleichtert, dass Cornibus kein echter Hund ist, sonst hätte ich ihn schon tausendmal vergiftet. Gut gerettet, Aaron. Wenn Cornibus als Hund in den nächsten Wochen keine Schokolade essen dürfte, hätte er sicher gestreikt und sich sofort in seine eigentliche Form verwandelt.

»Seid ihr wirklich sicher?«, fragt Nina besorgt. »Ich

will auf keinen Fall, dass dem süßen Racker etwas passiert.«

»Da müsst ihr euch keine Sorgen machen«, sagt Lilly. »Ich habe ihn schon so oft Schokolade fressen gesehen, da passiert nichts.«

»Ja«, stimme ich ihr zu. »Am liebsten würde er vermutlich die komplette Tüte leer futtern und noch nicht einmal rülpsen. Wenn es nach ihm ginge, würde er sich nur von Schokolade ernähren.«

»Das kann ich sehr gut nachvollziehen, das würde ich auch gerne«, sagt Jörg. »Schokolade und Bratwürstchen.«

»Also deine übliche Ferienernährung«, sagt Nina grinsend.

»Stimmt«, grinst Jörg zurück. »Von daher wird es höchste Zeit, dass wir weiterfahren. Je früher wir da sind, desto eher kann ich meine Ernährung umstellen. Ich guck mal, wie weit der Camper schon aufgeladen ist.«

Als er gerade in das Wohnmobil klettern will, lässt uns alle ein lauter Knall erschreckt zusammenzucken. Kurz darauf knallt es noch mal. Wir gucken in die Richtung, aus der die Geräusche kommen.

Von der Tankstelle her schaukelt ein Wohnmobil auf uns zu. Es sieht sehr abenteuerlich aus, ist offensichtlich viel älter als unseres und komplett schwarz. Die vor-

dere Stoßstange hängt auf einer Seite klappernd runter, es hat etliche Beulen und wurde schon länger nicht gewaschen. Ein weiterer Knall ertönt und hinter dem Wohnmobil erscheint eine schwarze Rauchwolke. Es wird langsamer und biegt auf den Parkplatz direkt neben uns ein. Ah, es ist doch nicht komplett schwarz, auf der Seite ist ein riesiger Totenkopf aufgemalt, und noch ein paar kleinere dazu. Und da ist noch dieses runde Zeichen, das Papa meistens auf seinem Arm tätowiert hat. Er wechselt seine Tätowierungen ja beinahe täglich, aber dieser Kreis mit dem Stern drin ist fast immer dabei. Ich komme nur nicht mehr drauf, wie das heißt, es hat einen bestimmten Namen, der mir aber gerade nicht einfallen will.

Es ertönt noch ein letzter Knall, dann geht der Motor aus. Kurz darauf öffnet sich die Tür und drei Gestalten treten nach draußen. Und wenn ich Gestalten sage, dann meine ich das tatsächlich wörtlich – normal sehen die irgendwie nicht aus.

Wir sehen einen erwachsenen Mann und zwei Kinder, einen Jungen und ein Mädchen, beide schätzungs-

weise in unserem Alter. Der Mann ist sehr groß und dünn. Er trägt einen langen schwarzen Mantel, bei dem die Ärmel abgeschnitten wurden. Seine Arme sind komplett tätowiert, wie die von Papa. Und da ist neben ganz vielen Totenköpfen und seltsamen Zeichen auch eine Gestalt auf seinem linken Arm zu sehen, die mich ein ganz kleines bisschen an Papa erinnert. Sie hat Hörner und lacht, aber Papa hat nicht so ein spitzes Kinn und mehr Haare. Apropos Haare: Die Frisur dieses Mannes ist, glaube ich, die seltsamste, die ich je gesehen habe. Obendrauf hat er gar keine Haare, da ist nur eine große kahle Platte zu sehen. Dafür hängen rundherum an den Seiten und hinten sehr lange, fransige schwarze und graue Strähnen bis über seine Schultern. Das sieht irgendwie so aus, als hätte man ihm eine Pobacke auf den Kopf geklebt, ich muss mich beherrschen, nicht laut loszulachen, aber ein Kichern kann ich mir nicht verkneifen, woraufhin mir das Mädchen einen vernichtenden Blick zuwirft.

Die beiden Kinder haben pechschwarze, unterschiedlich kurze Haare, sind beide komplett in schwarze Kleidung gehüllt und ihre Haut ist wie die ihres Vaters so bleich wie die Innenseiten eines Dämonenhinterns.

Der Vater verschwindet kurz wieder im Wohnmobil und kommt mit einem Klappliegestuhl zurück. Er reicht ihn dem Mädchen, sie versucht, ihn aufzustellen, aber es funktioniert nicht so richtig.

»Die sehen irgendwie unheimlich aus, finde ich«, sagt Gustav leise.

»Ach was, die sind völlig harmlos«, antwortet Nina flüsternd. »Das ist nur eine kleine Grufti-Familie, ich finde sie irgendwie süß.«

»Gothics«, verbessert Jörg sie. »Die heißen heute Gothics.«

»Ach ja, stimmt«, sagt Nina. »Egal, zu meiner Zeit wurden wir Gruftis genannt.«

»*Wir?*«, fragt Jörg erstaunt.

»Ja, ich hatte auch mal eine Grufti-Phase«, antwortet Nina grinsend. »Hab ich dir die Fotos nie gezeigt? Schwarz war meine Seele und schwarz waren meine Haare. Und die Klamotten natürlich auch.«

»Echt?«, fragt Gustav erstaunt. »Du bist mal so rumgelaufen, Mama? Das ist nur schwer vorstellbar. Du bist immer so … bunt.«

»Das stimmt«, sagt Nina lachend. »Es hat auch eine ganze Weile gedauert, bis die Farbe in mein Leben eingezogen ist. Zu meiner Grufti-Zeit war schwarz aber mein Lebensinhalt. Damals habe ich sogar mein Zimmer komplett schwarz gestrichen. Du kannst dir vorstellen, was Oma und Opa dazu gesagt haben.«

»Oh ja, das fanden die bestimmt *super*«, sagt Gustav grinsend.

»Was machen denn Gruftis so?«, frage ich. »Ich meine, außer schwarze Klamotten tragen? Ich habe noch nie welche gesehen, bei uns in Ungarn gab es so was nicht.«

»Na ja«, sagt Nina. »Wenn man nach dem Klischee geht, sind Gruftis immer todernst, hören nur deprimierende Musik und hängen ständig auf Friedhöfen ab, um dem Tod möglichst nah zu sein. Bei manchen ist das auch so, aber das sind wirklich die wenigsten. Die meisten Gruftis, mit denen ich abhing, waren total nett und lustig drauf. Wir hatten immer jede Menge Spaß auf Grufti-Festivals, die meisten Gruftis sind sehr herzlich.«

»Was glotzt ihr denn so blöd?«, raunzt das Mädchen plötzlich von drüben in unsere Richtung. »Noch nie einen Klappstuhl gesehen, oder was?«

»Okay«, sagt Nina. »Es gibt natürlich auch Ausnahmen.«

»Luna, lass die Spießer in Ruhe«, sagt der Vater. »Die sind mit ihrem langweiligen Leben schon bestraft genug.«

»Das ist noch lang kein Grund, mich blöd anzuglotzen«, brummt das Mädchen. »Darf ich mit dem Stuhl nach ihnen werfen?«

»Nein, den brauchen wir noch«, antwortet ihr Vater. »Ignoriere sie einfach. Spießer sind es nicht wert, dass du dich mit ihnen beschäftigst.«

Das Mädchen brummelt noch irgendetwas Unverständliches und beschäftigt sich dann weiter mit dem Stuhl, wobei sie uns immer wieder sehr finstere Blicke zuwirft.

»Die sind schon ein bisschen seltsam, oder?«, flüstert Gustav uns zu.

»Der hat uns Spießer genannt«, knurrt Jörg und ballt

die Fäuste. »Mich hat noch nie jemand Spießer genannt. Ich bin kein Spießer. Und das kann ich dieser Grufti-Witzfigur sehr gern beweisen, indem ich ihm den Stuhl dreimal um den Hals wickle.«

Jörg bewegt sich vorwärts, aber Nina hält ihn zurück.

»Das lässt du mal schön bleiben, Schnuppi«, sagt sie. »Ich habe keine Lust, gleich zu Urlaubsbeginn den Verbandskasten aus dem Koffer zu kramen.«

»Keine Sorge, das musst du nicht«, knurrt Jörg. »Jedenfalls nicht für mich. Mit diesem halben Hemd werde ich locker fertig.«

Er drängt wieder nach vorne, aber Nina hält ihn am Hosenbund fest.

»Du bleibst hier!«, sagt Nina bestimmt. »Und weißt du, warum? Weil du eben *kein* Spießer bist, der sich über solche Leute aufregt. Das ist die beste Art, um auf so was zu reagieren, sonst bestätigst du ihn doch bloß.«

»Na gut«, knurrt Jörg. »Du hast ja recht. Dürfen wir dann wenigstens Cornibus auf ihn hetzen? Der mag ihn offenbar auch nicht.«

Stimmt, Cornibus hat sein Fell aufgestellt und knurrt bedrohlich in Richtung der Grufti-Familie.

»Cornibus, aus!«, befiehlt Nina und zieht ihn ein Stück nach hinten. »Lass das! Der schmeckt bestimmt nicht. Außerdem magst du sowieso kein Fleisch, oder? Vitus, kannst du ihn irgendwie ablenken?«

Ich ziehe einen Schokoriegel aus der Tüte und locke Cornibus damit zu mir, es funktioniert.

»Ja, braver Cornibus«, sage ich und streichle seinen Kopf. »Reg dich nicht über den Popokopf auf.«

Die anderen fangen an zu lachen.

»Popokopf?«, fragt Jörg grinsend. »Wo hast du *das* denn her? Das hab ich ja noch nie gehört. Passt aber ganz hervorragend zu diesem Kerl.«

Das Mädchen kämpft immer noch mit dem Klappstuhl, kriegt es aber nicht hin, ihn aufzustellen. Sie lässt einen frustrierten Schrei los, feuert das Ding auf den Boden und fängt an, zeternd mit beiden Beinen darauf herumzuspringen.

»Ich find sie ja irgendwie ganz cool«, sagt Lilly und schielt grinsend zu ihr hinüber. »Sie ist so … anders.«

»Der Junge hat gar nichts gesagt«, stelle ich fest.

»Wahrscheinlich hat er bei dieser Schwester nicht viel zu sagen«, frotzelt Gustav. »Oder er traut sich nicht. Ich finde sie irgendwie Furcht einflößend. Ich würde sie jedenfalls nicht zur Schwester haben wollen.«

»Ach, das ist aber schade«, sagt Nina grinsend. »Sie ist mir mit ihrer liebenswürdigen Art jetzt schon so ans Herz gewachsen, dass ich sie gerade fragen wollte, ob ich sie adoptieren darf.«

Wir lachen alle, was die Aufmerksamkeit des Mädchens wieder auf uns lenkt. Wenn Blicke töten könnten, würden wir hier alle gleich ohne Köpfe sitzen.

»Du wolltest doch gucken, ob wir schon genug Strom geladen haben, Schnuppi«, erinnert Nina Jörg. »Ich denke, es gibt keinen Grund, noch länger hierzubleiben.«

Jörg steigt ins Wohnmobil und streckt kurz danach seinen Kopf zu uns nach draußen.

»Alles bestens!«, ruft er uns zu. »Wir haben locker genug bis zur nächsten Ladestelle! Es kann weitergehen!«

Wir sammeln unser Zeug zusammen und steigen unter den bösen Blicken des Mädchens ins Wohnmobil.

»Alles klar«, sagt Jörg, während wir lautlos vom Parkplatz rollen. »Nächster Stopp: Hölland!«

Feindliche Riesen

Nach einer weiteren kurzen Ladepause rollen wir ungefähr vier Stunden später lautlos unter einem Schild hindurch, auf dem in großen Buchstaben CAMPING steht. Endlich. So eine Autofahrt kann dann doch sehr lang, um nicht zu sagen langweilig, werden. Die anderen haben sich zwar echt Mühe gegeben, die Langeweile mit sogenannten Autospielen zu vertreiben, aber irgendwie konnte ich damit nicht so viel anfangen – was natürlich daran liegen mag, dass ich immer der Verlierer war, weil ich nichts kapiert habe. Bei dem einen Spiel musste man immer sagen, welche Sachen man in einen Koffer packt, den es gar nicht gibt. Und dann sollte man sich auch noch merken, was die anderen einpacken, und das immer wiederholen. Gustav hat dann einen Schaukelstuhl eingepackt, aber das fand ich doof, der ist doch viel zu groß, dann ist mein Koffer ja gleich voll, deshalb habe ich mich geweigert, das zu wiederholen, und dann hatte ich verloren. Das andere Spiel hieß *Ich sehe was, was du nicht siehst*, das war noch blöder. Da sollte man erraten, was sich jemand gerade anguckt, aber wie soll das denn gehen, wenn man es selbst nicht sieht? Da hilft es auch nicht, wenn man die Farbe weiß, die wurde immer als Tipp verraten. Lilly hat gesagt, sie sieht etwas Rotes, da habe ich auf meinen Rucksack gezeigt, aber Lilly hat dann einfach gesagt, das wäre falsch, obwohl mein Rucksack von oben bis unten komplett rot ist, röter geht's gar nicht. Lilly hat dann behauptet, sie hätte das Band in Ninas Haaren gemeint, das war zwar auch rot, aber viel kleiner als mein Rucksack, deshalb habe ich gedacht, ich hätte gewonnen, war aber nicht so, im Gegenteil, ich durfte dann gar nicht mehr mitspielen. Von daher bin ich sehr froh, dass die Fahrt endlich vorbei ist und wir gleich aussteigen können.

Jörg hält neben einem kleinen Häuschen, das vor einem größeren Gebäude steht, ein Mann kommt heraus, die beiden bequatschen irgendwas. Der Mann zeigt mit der Hand die schmale Straße hinunter und fuchtelt ein paarmal nach links und rechts.

»Alles klar!«, sagt Jörg. »Das finden wir! Danke schön!«

Das Wohnmobil setzt sich wieder in Bewegung, wir rollen langsam zwischen unzähligen anderen Wohnmobilen, Wohnwagen und Zelten hindurch, biegen ein paarmal links und rechts ab und bleiben schließlich an einem freien Platz stehen.

»Steigt am besten alle schon mal aus, ich rangiere dann den Camper in die richtige Position«, sagt Jörg.

Wir steigen aus und gucken zu, wie er das Wohnmobil mühevoll vor- und zurückfährt, bis es schließlich da steht, wo es hinsoll.

»Das müsste gehen, oder?«, fragt er aus dem Fenster heraus und Nina streckt ihm einen Daumen entgegen.

Jörg steigt aus und läuft einmal ums Auto.

»Sehr gut«, sagt er schließlich. »Dahinten sind Steckdosen, damit kann man das Auto auch aufladen, soweit

ich weiß. Und der Wasseranschluss ist auch dort. Die Ferien gelten hiermit hochoffiziell als eröffnet!«

Ich schaue mich um. Das ist also ein Campingplatz. Sieht irgendwie lustig aus. Links und rechts von uns stehen lauter Wohnmobile, direkt gegenüber befindet sich eine lange Reihe von Zelten in allen möglichen Größen und Farben. Wie Zelte aussehen, weiß ich zum Glück, Aaron hat mir ein paar Bilder davon im Internet gezeigt, weil mir der Begriff nichts gesagt hatte. Dass es so viele unterschiedliche Zelte gibt, habe ich allerdings nicht geahnt, da sind welche dabei, die sehen aus wie kleine Häuser, so richtig mit Fenstern und Türen. Insgesamt erscheint das alles hier wie eine kleine, sehr ordentlich gebaute Stadt aus großen Autos und Mini-Häusern, es gibt sogar ein paar Wohnwagen mit Gartenzaun.

»Da drüben geht's zum Strand!«, sagt Lilly aufgeregt und zeigt auf ein Schild, das nach links zeigt. »Wer kommt mit?«

»Moooooment!«, sagt Nina. »Nicht so schnell. Es wird bald dunkel. Von daher schlage ich vor, dass ihr erst mal euer Zelt aufbaut.«

»Ein sehr guter Vorschlag«, sagt Jörg. »Das dauert auch nicht lang, Gustav hat dieses Zelt schon so oft aufgebaut, das schafft er mittlerweile blind. Und notfalls helfe ich euch natürlich gern.«

Er öffnet die Klappe unten am Wohnmobil, zieht unsere Taschen heraus und fischt von weiter hinten ein wurstförmiges Päckchen nach vorne, das er vor uns auf den Boden fallen lässt.

»Da ist das gute Stück«, sagt er. »Es hat uns schon viele schöne Zeiten beschert, also behandelt es pfleglich.«

Wie bitte? Aus diesem kleinen Ding soll ein komplettes Zelt werden? Das geht doch gar nicht.

»Euer Platz müsste da drüben sein«, sagt Jörg und zeigt auf die Zelte gegenüber. »In der zweiten Reihe ist noch etwas frei.«

»Alles klar«, sagt Gustav zu uns. »Folgt mir.«

Er wuchtet das Päckchen nach oben, es scheint ziemlich schwer zu sein. Wir gehen ihm hinterher zu dem freien Platz, wo er das Päckchen auf den Boden fallen lässt.

»Hat irgendjemand von euch schon mal ein Vier-Mann-Zelt mit Vordach aufgebaut?«, fragt er.

»Ich war mit Onkel Wolfram ein paarmal zelten, wir hatten aber nur ein Zwei-Mann-Zelt«, sagt Lilly. »Das hat sich von selbst aufgebaut, es ist einfach aufgeploppt, das war sehr cool.«

»Ja, die kenne ich«, sagt Gustav. »Die sind echt praktisch. Aber so eins ist das hier leider nicht, das muss man noch richtig zusammenbauen.«

»Wenn du mir das Modell nennst, kann ich schnell die Aufbauanleitung googeln«, sagt Aaron. »Wenn ich die gelesen habe, kann ich es ganz sicher sogar allein aufbauen. Aufbauen.«

»Quatsch, das brauchen wir nicht«, erwidert Gustav. »Ich weiß ja, wie das geht. Ihr müsst einfach nur das machen, was ich sage, dann sind wir ruckzuck fertig.«

Unnötig zu erwähnen, dass ich noch nie ein Zelt aufgebaut habe, egal für wie viele Männer. Gibt es für Frauen eigentlich Extrazelte oder wieso heißt das Vier-Mann-Zelt? Lilly ist ja auch dabei und die ist kein Mann. Egal, wird schon irgendwie passen.

Gustav zieht die Hülle von dem Wurstpäckchen und rollt den Inhalt auf dem Boden aus. Ui, da passt ja ganz schön viel rein. Kurz darauf hat er ein großes Stück Stoff vor uns ausgebreitet. Daneben liegen viele kurze Stangen und ein ganzer Haufen großer krummer Nägel.

»Zuerst müssen die Stangen zusammengesteckt werden«, sagt Gustav. »Immer drei Stück. Guckt, so.«

Er zeigt es uns, ich schnappe mir drei Stangen und mache es nach.

»Hey, guckt mal!«, sagt Lilly grinsend. »Daraus kann man auch wunderbar einen Dreizack bauen.«

Tatsache, sie hat wirklich eine Art Dreizack gebastelt, wie cool. Ich baue mir auch einen, wir fangen an, zum Spaß gegeneinander zu kämpfen.

»Jetzt hört doch mal auf mit dem Blödsinn«, sagt Gustav und verdreht genervt die Augen. »Wenn ihr die Stangen verbiegt, wird das Zelt schief und krumm. Und je früher wir hier fertig sind, desto schneller können wir an den Strand.«

»Er hat recht«, sagt Lilly und wendet sich grinsend an mich. »Gib auf, du hättest eh keine Chance gehabt.«

»Haha, genau, träum weiter«, erwidere ich. »Ich bin mit einem Dreizack unter dem Kissen aufgewachsen. In der Hölle treffe ich eine Kakerlake auf fünfzig Meter Entfernung, du könntest dir sogar den Zacken aussuchen.«

»Psssst, Leute!«, zischt Gustav uns an. »Schon vergessen? Das böse H-Wort ist in den Ferien verboten. Wir dürfen uns alle nicht verplappern.«

Oh, stimmt, Mist, ich habe *Hölle* gesagt, das wollten wir ja vermeiden. Ich schaue mich um, Gustavs Eltern sind im Wohnmobil und sonst war gerade niemand in der Nähe, Glück gehabt.

»Alles klar«, flüstere ich. »Sorry.«

Wir stecken die Stangen fertig zusammen, dann schiebt Gustav sie nacheinander in kleine Löcher in dem Stoff.

»So, jetzt müssen wir es aufrichten«, sagt Gustav. »Am besten nimmt jeder eine Ecke.«

Wir stellen uns jeder an eine Ecke, ich gucke mir bei den anderen ab, was sie machen. Wir ziehen alle an den Ecken und plötzlich steht ein kleines Zelthaus vor uns. Ui, wie cool, damit habe ich jetzt gar nicht gerechnet, das ging ja fix.

»Sehr gut«, sagt Gustav. »Jetzt müssen wir nur noch die Schnüre mit den Heringen befestigen. Zieht sie so stramm wie möglich und drückt sie mit beiden Händen fest in den Boden.«

Äh … wie bitte, was? Heringe sind Fische, oder? Ich soll mit Fischen irgendwelche Schnüre stramm ziehen? Das ist doch Blödsinn. Wo soll ich denn die Fische herkriegen? Muss ich die erst selbst im Meer angeln? Aber wir dürfen doch erst ans Meer, wenn wir fertig mit Aufbauen sind. Und wie drückt man einen Fisch in den Boden? Die sind doch total weich und schwabbelig. Kapier ich nicht.

»Jede Wette«, sagt Lilly grinsend. »Unser Vitus stellt sich gerade vor, wie er einen Fisch in den Boden rammt.«

Aaron und Gustav kichern.

»Falsch«, erwidere ich. »Ich stelle mir gerade vor, wie ich *dich* in den Boden ramme und dir dann Heringe in den Mund stopfe.«

»*Das* hier ist ein Hering«, sagt Gustav und streckt mir einen der krummen Nägel entgegen. »Den steckst du durch die Schlaufe am Ende der Schnur, ziehst sie stramm und drückst ihn dann fest in den Boden.«

Er macht es vor. Ah, okay, verstehe, das ergibt Sinn. Das Zelt steht dann besser, weil alles straff gespannt ist. Warum diese Dinger Heringe genannt werden, verstehe ich aber trotzdem nicht. Waren das mal Fische, die in ausgetrocknetem Zustand so hart und dünn werden, dass man sie für so etwas benutzen kann?

»Eine andere Bezeichnung dafür ist Zeltnagel«, erklärt Aaron, der mir wohl angesehen hat, dass ich mich immer noch wundere. »Sie waren früher aus Holz und erinnerten in ihrer Form an Heringe. Dieser Begriff hat sich teilweise bis heute gehalten. Heute gehalten.«

»Danke für die Erklärung«, sage ich und mache mich an die Arbeit.

Fünf Minuten später ist das Zelt fertig aufgebaut. Wir gehen hinein.

»Wow!«, sage ich. »Hätte nie gedacht, dass in einem Zelt so viel Platz ist. Das ist ja fast so groß wie mein Zimmer in St. Fidibus.«

»Ja, hier haben wir locker Platz zum Schlafen«, sagt Gustav. »Sollen wir unsere Sachen holen?«

»Das können wir doch nachher noch machen«, sagt Lilly quengelnd. »Ich will endlich ans Meer! Ich kann es die ganze Zeit schon riechen.«

»Alles klar, dann zuerst an den Strand«, sagt Gustav. »Wir sagen nur kurz meinen Eltern Bescheid.«

Wir gehen rüber zum Wohnmobil, wo Jörg und Nina gerade damit beschäftigt sind, ein kleines Vordach anzubringen.

»Das Zelt ist aufgebaut«, sagt Gustav. »Wir würden dann jetzt mal an den Strand gehen, okay?«

»Moment, nicht so schnell«, sagt Jörg. »Ich muss euch noch die Urlaubsregeln erklären.«

Wie jetzt? Ich dachte, es gibt keine Regeln? Jetzt also doch? Oder macht er wieder nur einen Witz?

»Die kennen wir doch schon, Papa«, sagt Gustav zwinkernd. »Wir sollen ganz viel Spaß haben. Das machen wir, versprochen.«

»Sehr gut«, sagt Jörg. »Aber das war nur Regel Nummer eins. Jetzt kommen die anderen, die echten.«

»Und die wären?«, fragt Gustav skeptisch.

»Nun ja, wir haben ja diesmal Gäste«, sagt Jörg. »Und für die haben Nina und ich die Verantwortung übernommen. Aarons Eltern haben uns zum Beispiel ein dreiseitiges PDF geschickt, mit genauen Anweisungen, was er alles *nicht* darf.«

»Oje, ich ahne Schlimmes«, sagt Aaron seufzend. »Meine Eltern haben ständig Angst um mich. Sie sind das, was man Helikoptereltern nennt. Sie versuchen, mich krampfhaft vor allem zu beschützen, was mir ihrer Meinung nach schaden könnte. Wenn es nach ihnen ginge, dürfte ich das Haus nur in einer Ritterrüstung verlassen. Die müsste allerdings mit Schaumstoff gepolstert sein, damit ich mich nicht daran stoße. Es war schon sehr schwer, sie überhaupt dazu zu überreden, mich mitfahren zu lassen. Ich fürchte, ich weiß, was alles in diesem PDF steht. PDF steht.«

»Ach ja?«, erwidert Jörg grinsend. »Dann vergiss es am besten ganz schnell wieder, so wie ich, nachdem ich es sofort nach dem Lesen gelöscht habe.«

Aarons Gesicht verzieht sich zu einem Grinsen.

»Bei uns wird nicht gehelikoptert, schon gar nicht in den Ferien«, fährt Jörg fort. »Wir machen das ganz und gar altmodisch, so wie es in meinen Ferien früher war. Da habe ich meine Eltern nur zu den Mahlzeiten gesehen, den Rest der Zeit durfte ich machen, was ich wollte, das hat wunderbar funktioniert. Damit es bei uns auch funktioniert, gibt es nur ein paar wenige Regeln, an die ihr euch halten müsst. Regel Nummer eins: Die Hauptmahlzeiten nehmen wir, wenn nicht anders angekündigt, immer zusammen hier am Wohnmobil ein. Frühstück um neun Uhr, Mittagessen um halb eins, Abendessen um sieben. Was genau und wie viel ihr zwischendurch an Eis oder Süßigkeiten verputzt, ist eure Sache. Ich bin jetzt schon gespannt, wie lang euer Tankstellenvorrat reicht. Ich tippe mal auf zwei Tage.«

So lang? Glaub ich nicht. Wir haben ja jetzt schon fast die Hälfte aufgefuttert.

»Regel Nummer zwei«, fährt Jörg fort. »Ihr dürft euch auf dem Campingplatz und dem dazugehörigen Strand jederzeit frei und ohne unsere Aufsicht bewegen. Ihr seid keine Kleinkinder mehr, wir vertrauen darauf, dass ihr nichts Gefährliches unternehmt und gegenseitig auf euch aufpasst. Wenn ihr vorhabt, das Gelände zu verlassen, um in die Stadt zu gehen oder gegen Windmühlen zu kämpfen, sagt aber bitte vorher Bescheid.«

Er lacht. Aaron schmunzelt. Gustav, Lilly und ich

schauen uns verwirrt an. Sehr gut, da bin ich wenigstens mal nicht der Einzige, der etwas nicht kapiert hat.

»Äh … gegen Windmühlen kämpfen?«, sagt Jörg. »Don Quijote? Holland ist das Land der Windmühlen. Noch nie gehört?«

»Das war eine Anspielung auf die literarische Figur Don Quijote aus dem gleichnamigen Roman von Miguel Cervantes«, erklärt Aaron. »Darin kämpft der namensgebende Held gegen Windmühlen, weil er sie für feindliche Riesen hält. Ich fand diese Bemerkung witzig. Witzig.«

»Na, wenigstens einer«, sagt Jörg. »Wo waren wir? Ach ja, Gelände verlassen. Also, sagt bitte Bescheid, damit wir wissen, wo ihr seid. Für den Notfall kriegt nachher noch jeder unsere Handynummern. Was war noch? Ach ja, Regel Nummer drei. Sobald es dunkel wird, seid ihr alle hier am Wohnmobil oder im Zelt. Wir haben jede Menge Spiele dabei, damit können wir uns abends die Zeit vertreiben. Geschlafen wird, wenn ihr müde seid, das können wir sowieso nicht kontrollieren, wenn ihr im Zelt seid. Ihr solltet nur darauf achten, dass ihr nachts die anderen Camper nicht stört. Und das war's dann auch schon mit den Regeln. Oder hab ich was vergessen, Schnuppi?«

Er sieht Nina fragend an.

»Ja, hast du«, antwortet sie. »Die wichtigste Regel von allen, Regel Nummer vier. Es ist zwingend notwendig, dass sich Cornibus mindestens einmal pro Tag von mir kräftig durchknuddeln lässt. Hast du das verstanden, Cornibus?«

Cornibus bellt einmal laut, wir lachen alle.

»Sehr gut, dann ist ja alles geklärt«, sagt Jörg. »Ihr könnt jetzt an den Strand. Aber in einer Stunde gibt's Essen, dann seid ihr wieder hier, okay?«

Wir nicken alle.

»Los, kommt schon!«, drängelt Lilly. »Da geht's lang!«

Sie rennt los, wir folgen ihr, Cornibus hetzt uns kläffend hinterher.

Wir laufen an ganz vielen Zelten vorbei, jede Menge Leute kommen uns mit Handtüchern über den Schultern entgegen. Der Weg führt durch eine kleine Ansammlung von Bäumen, dann schlängelt er sich zwischen hohen Dünen links und rechts von uns hindurch, bis wir schließlich das Meer vor uns sehen.

Kurz bevor der Strand anfängt, zieht Lilly ihre Schuhe aus.

»Los, ihr auch!«, fordert sie.

Zwei Minuten später lassen wir alle zusammen unsere Füße im Sand versinken.

»Oooooh, tut das gut«, seufzt Lilly wohlig auf.

»Ja«, sagt Gustav. »Der Sand ist noch voll warm. Das hätte ich um diese Uhrzeit gar nicht mehr erwartet.«

Aaron steht neben mir auf einem Bein und atmet siebzehn Mal ganz tief ein und aus.

»Das Meer ist ganz schön weit weg«, stelle ich fest.

»Es ist gerade Ebbe«, sagt Gustav. »Das kennst du doch schon aus der Bretagne.«

Stimmt, da war das Meer auch immer wieder plötzlich ganz weit weg. Ebbe und Flut heißt das, ich erinnere mich. Das hat irgendetwas mit dem Mond zu tun, so richtig kapiert habe ich das in Frankreich schon nicht.

»Ich will trotzdem mal mit den Füßen ins Wasser«, sagt Lilly. »Kommt ihr mit?«

Wir wollen alle und laufen gemeinsam über den Strand auf das Wasser zu. Es ist noch ganz schön was los hier, überall sind spielende Kinder und Eltern auf Liegestühlen. Cornibus entdeckt einen anderen Hund und stürmt fröhlich bellend auf ihn zu. Die beiden beschnuppern sich kurz, dann tollen sie gemeinsam ausgelassen über den Strand. Wie schön, er hat gleich schon einen Freund gefunden, das wird ihm gefallen.

Der Sand wird fester unter unseren Füßen, es dauert eine ganze Weile, bis wir die Wasserkante erreichen.

»Hui!«, rufe ich erschreckt, als die erste kleine Welle über meine Füße schwappt. »Das ist ganz schön kalt!«

»Die Temperatur der Nordsee beträgt um diese Jahreszeit höchstens zwanzig Grad«, sagt Aaron. »Ich tippe aktuell aber eher auf achtzehn. Achtzehn.«

»Man gewöhnt sich aber recht schnell dran«, sagt Gustav.

Das stimmt, die nächste Welle schwappt über meine Füße und jetzt kommt es mir schon nicht mehr so kalt vor.

»Ist das nicht einfach wunderbar hier, Leute?«, sagt Lilly leise. »Jetzt fangen die Ferien erst so richtig an.«

Ich glaube, ich weiß, was sie meint. Alles, was heute vorher passiert ist, die Zeugnisausgabe, die Fahrt hierher, das endliche Ankommen, der Zeltaufbau, das war zwar alles sehr aufregend und neu und anders, aber erst jetzt, mit den Füßen im Meer, dem Blick auf den unendlich weiten Horizont und dem frischen Wind, der durch meine Haare fährt, erst jetzt fühlt es sich so richtig nach Ferien an.

Fiese Zacken

»Ich lass jetzt los!«, ruft Jörg hinter mir.

»Nein, nicht!«, rufe ich zurück. »Ich bin noch nicht so weit!«

»Doch, bist du!«, ruft mir Gustav zu. »Einfach weiter treten!«

»Du schaffst das! Schaffst das!«, ruft Aaron aufmunternd.

»Aber das wackelt so!«, erwidere ich. »Bitte nicht loslassen!«

»Ich habe schon vor mindestens zehn Sekunden losgelassen!«, ruft Jörg und seine Stimme klingt plötzlich viel weiter weg.

»Waaaaaas?«, rufe ich. »Hilfeeeeeeeee!«

Würde mir mal bitte jemand erklären, wieso nicht *immer* Ferien sind? Kann man die blöde Schule dazwischen nicht einfach weglassen? So viel Spaß in einer einzigen Woche hatte ich während meiner gesamten Schulzeit noch nie. Was wahrscheinlich daran liegt, dass man überhaupt keine Zeit für so viel Spaß hat, wenn man jeden Morgen im Unterricht sitzt und nachmittags noch Hausaufgaben machen muss. Und wofür der ganze Stress? Damit man lauter Sachen lernt, die überhaupt keinen Spaß machen. Hier habe ich auch jeden Tag irgendetwas gelernt, das ich noch nicht kannte oder konnte, aber freiwillig, sodass es sich gar nicht wie Lernen angefühlt und richtig Spaß gemacht hat. Ich habe gelernt, wie man Sandburgen baut. Und wie man Strandtennis spielt. Und einen Drachen steigen lässt, obwohl es gar kein echter Drache ist. Und ganz viele Spiele habe ich auch gelernt, mit Karten und Würfeln und runden Steinen, und manchmal habe ich sogar gewonnen. Ich weiß, das waren jetzt alles nur lustige Sachen, aber ich habe auch was Ernstes gelernt, nämlich Holländisch. Also, nicht alles, natürlich, aber ein paar Worte kann ich schon. Eigentlich wollte ich es uns ja wieder einfach machen und den Spruch aus meinem Buch anwenden, mit dem man jede Sprache in jedem Land versteht und sprechen kann. Aber dann hat Aaron gesagt, dass das gar nicht nötig sei, weil die meisten Holländer unsere Sprache sprechen, was auch stimmt. Wir können mit allen, die hier auf dem Campingplatz arbeiten, sehr

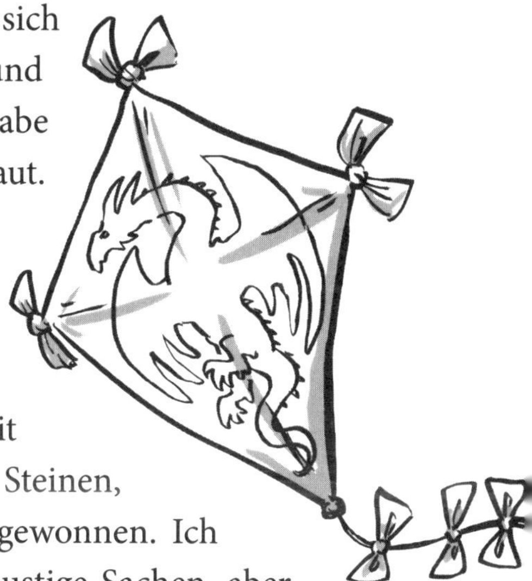

gut reden. Lilly hat dann gesagt, es wäre aber höflich, wenn wir auch ein bisschen Holländisch sprechen, also haben wir uns ein paar Begriffe beibringen lassen. *Danke* heißt zum Beispiel *Dankjewel* und *Tschüss* heißt *Tot ziens*, das sagen wir jetzt immer und die Holländer freuen sich total, das sieht man richtig. Lernen macht am meisten Spaß, wenn man gar nicht merkt, dass man etwas lernt. Jetzt gerade spüre ich allerdings sehr deutlich, dass ich etwas lerne.

»Aaaaaaaah!«, schreie ich. »Was mache ich denn jetzt?«

»Immer weiter!«, ruft Jörg mir hinterher. »Du machst das prima! Läuft doch super!«

»Das wird aber immer schneller!«, erwidere ich. »Und da vorne ist ein Baum!«

»Nicht den Baum fixieren!«, ruft Aaron. »Sonst knallst du dagegen! Der Baum ist nicht das Ziel! Der Weg ist das Ziel! Bleib auf dem Weg! Dem Weg!«

Leichter gesagt als getan. Der Weg macht kurz vor dem Baum eine Kurve. Und Kurven kann ich noch nicht. Aber ich will das unbedingt lernen. Die anderen können das schon, seit sie noch ganz klein waren – ich sitze zum allerersten Mal auf einem Fahrrad.

Als Jörg und Nina gestern gesagt haben, wir würden uns für heute Fahrräder ausleihen und eine kleine Radtour machen, hat natürlich noch keiner geahnt, dass ich nicht Fahrrad fahren kann. Das ist hier oben offenbar genauso selbstverständlich wie Laufen lernen. Bei uns in der Hölle gibt es zwar auch Fahrräder, in Abteilung 31 bei den Nicht-für-ältere-Leute-Aufstehern, aber da haben die Sättel lauter fiese Zacken, das sieht total ungemütlich aus. Außerdem haben wir da unten ja keine Straßen und die Wege sind auch größtenteils sehr holprig, da macht Fahrradfahren sicher keinen Spaß, deshalb habe ich es nie gelernt. Als ich dann gestern gesagt habe, dass ich nicht Fahrradfahren kann, haben die anderen natürlich sofort kapiert, woran das liegt. Nina und Jörg waren allerdings sehr verwundert, weil das hier oben jedes Kind lernt. Aaron hat dann schnell eine Geschichte erfunden und erzählt, dass ich mein Schloss in Ungarn nie verlassen habe und dort überall von den Angestellten hingetragen wurde, deshalb sei es nie nötig gewesen, dass ich Radfahren lerne. Das haben Nina und Jörg zum Glück auch geschluckt, und dann hat mir Jörg sofort angeboten, dass er mir Radfahren beibringt. Normalerweise bringen das wohl meistens Väter ihren Söhnen bei, aber ich bin sehr froh, dass das bei mir Jörg übernommen hat – Papa hat für solche Sachen keine Geduld, der hätte mir höchstwahrscheinlich das Fahrrad längst dreimal um den Hals gewickelt.

Jörg war die ganze Zeit sehr geduldig mit mir. Gleich am Anfang bin ich zweimal mit dem Fahrrad umgefallen, da war ich noch gar nicht losgefahren. Dann ging das mit dem Gleichgewicht aber immer besser und irgendwann bin ich losgerollt, Jörg hat das Fahrrad aber immer noch stabilisiert und hat es festgehalten, während er hinter mir hergerannt ist. Jetzt hat er aber offenbar losgelassen und ich sause direkt auf diesen Baum zu. Das tut sicher weh, wenn man gegen so einen Baum fährt, oder?

»Du musst bremsen!«, ruft Gustav mir hinterher. »Dann wirst du langsamer und kriegst die Kurve besser! Bremsen!«

Ach ja, stimmt, bremsen kann man ja mit so einem Fahrrad auch. Aber wie ging das noch mal gleich? Der Baum kommt immer näher.

»Die Griffe!«, ruft Lilly. »Wo deine Hände sind! Zieh an den Griffen! Aber nicht zu fest, sonst fliegst du über den Lenker!«

Ah, okay, die Griffe, ja, ich erinnere mich, das hat Jörg ganz am Anfang gesagt. Ich ziehe vorsichtig daran, werde aber kaum langsamer. Der Baum wird immer größer. Ich ziehe kräftiger an den Griffen. Oh, super, ich werde langsamer.

»Jetzt nach rechts lenken!«, ruft Jörg hinter mir. »Nach rechts! Immer dem Weg nach!«

Alles klar, ich lenke nach rechts. Und ich kriege tatsächlich die Kurve! *Tot ziens*, Baum! Diesmal kriegst du mich nicht! Such dir ein anderes … Oh, verdammt! Wo kommt der denn auf einmal her? Das ist einer von Cornibus' Hundefreunden! Warum steht der mitten auf dem Weg rum? Er kläfft mich an und läuft mir entgegen! Ich muss ausweichen! Oder bremsen! Sonst fahre ich ihn um! Geht auch beides? Kann man gleichzeitig lenken und bremsen? Keine Zeit nachzudenken, ich mach das jetzt einfach!

Ich reiße den Lenker nach links und ziehe gleichzeitig die beiden Griffe bis zum Anschlag nach unten. Keine Sekunde später hebt es mich über den Lenker. Für einen sehr kurzen Moment fühlt es sich so an, als könnte ich fliegen. Kann ich auch, allerdings nicht sehr weit. Ich segle über den Hund hinweg nach links und lande mit dem Gesicht zuerst in einer kleinen Sanddüne.

Als ich mich langsam umdrehe, stürmt der Hund kläffend auf mich zu und schleckt mein Gesicht ab. Igitt, das ist eklig. Und Sand schmeckt überhaupt nicht, ich spucke ein bisschen davon aus.

Die anderen kommen gerannt und bleiben vor mir stehen.

»Das war ein sensationeller Abgang«, sagt Lilly grinsend. »Du weißt schon, dass man auch seitlich von einem Fahrrad absteigen kann?«

»Ach, das kann doch jeder«, sage ich. »So macht es viel mehr Spaß.«

»Alles okay bei dir?«, fragt mich Jörg besorgt. »Alle Knochen noch heile?«

Mir tut nichts weh, aber ich taste mich vorsichtshalber ab.

»Ja, alles bestens«, sage ich. »Ich hätte gedacht, so ein Abflug tut mehr weh.«

»Du hattest Glück, dass du im Sand gelandet bist«, sagt Aaron. »Das hätte auch richtig schmerzhaft werden können. Werden können.«

»Bremsen und ausweichen müssen wir jedenfalls noch üben«, sagt Gustav.

Er hebt das Fahrrad vom Boden auf und inspiziert es.

»Scheint alles okay zu sein«, sagt er.

»Sehr gut«, sage ich und stehe auf. »Wann soll die Radtour losgehen?«

»Wir wollten gegen elf losfahren«, antwortet Jörg.

»Okay, dann habe ich ja noch fast eine Stunde Zeit zum Üben«, sage ich.

Ich setze mich wieder auf das Fahrrad und wende mich an Cornibus, der neben dem anderen Hund steht und aufgeregt mit dem Schwanz wedelt.

»Könntest du bitte dafür sorgen, dass dein Kumpel mir nicht wieder vors Rad springt?«, frage ich und Cornibus antwortet mit einem zustimmenden Bellen.

»Soll ich dich erst mal wieder festhalten?«, fragt mich Jörg.

»Nein danke«, antworte ich. »Ich denke, ich kriege das jetzt ohne Hilfe hin.«

Wäre doch gelacht. Wenn das jedes Kind hier oben lernen kann, dann schaffe ich das ja wohl auch.

Ich stelle meinen Fuß auf das linke Pedal, trete los und setze mich wacklig in Bewegung. Na also, geht doch. Meiner allerersten Radtour steht nichts mehr im Weg, ich freue mich schon total darauf!

Die Finsternis

Okay, Kommando zurück. Nie wieder Radtour! Ich bin fix und alle, meine Beine brennen wie Feuer, meine linke Hand ist eingeschlafen, mir tut alles weh. Wenn ich diese letzten Hundert Meter zum Campingplatz noch schaffe, werde ich nie wieder auf so ein Höllengerät steigen. Es hat mir aber auch niemand gesagt, dass das so anstrengend ist. Das hat doch mit Spaß und Ferien nichts mehr zu tun, das ist Arbeit. Oder, noch schlimmer, das ist Sport. Sport nennt man hier oben das, was ganz viele Leute freiwillig machen. Da muss man entweder ständig hinter Bällen herrennen oder irgendwo drüber springen oder auf irgendwelchen fiesen Geräten rumturnen, und alles kostet ganz viel Kraft und Ausdauer und Geschick. Aber man kriegt nichts dafür, höchstens eine schlechte Note, wenn man keine Puste mehr hat, um ein fünftes Mal um den blöden Sportplatz im Kreis zu laufen. Kein Wunder, dass mir die anderen vorher nicht verraten haben, dass es etwas gibt, das Rad*sport* heißt, dann wäre ich nämlich gar nicht erst auf so ein Ding gestiegen. Beim Sportunterricht in der Schule habe ich nur so oft mitgemacht, wie es nötig war, um so keine Fünf zu kriegen. Und von Fahrradfahren war da auch nie die Rede, woher hätte ich denn ahnen sollen, dass das so anstrengend ist?

Über vier Stunden lang sind wir jetzt kreuz und quer durch Hölland gestrampelt. Die erste Stunde war auch noch okay, da tat mir noch nichts weh. Ich war der Langsamste, weil ich eben keine Übung hatte, aber die anderen haben immer ganz lieb und ohne zu meckern auf mich gewartet. Wir sind am Meer entlanggefahren, da war alles schön flach und man konnte viel rollen, ohne zu treten. Irgendwann sind wir aber abgebogen und auf eine normale Straße gefahren, da waren sogar Autos, die sind immer total dicht an uns vorbeigezischt, das war ganz schön gefährlich. Ich finde ja, es müsste überall extra Straßen für Fahrräder geben, damit man ohne Todesangst fahren kann, wenn man das denn unbedingt will. Wobei die Autos noch nicht mal das Schlimmste waren. Das Schlimmste, das Allerfieseste waren die Straßen, bei denen es bergauf ging. Jörg hat zwar immer wieder behauptet, in Hölland wäre Fahrradfahren total entspannend, weil alles so flach ist, aber das war eine glatte Lüge. Wenn man eine Straße entlangfährt und ständig treten muss, um voranzukommen, dann ist das nicht flach, dann ist das ganz eindeutig bergauf, auch wenn da vielleicht gar kein Berg zu sehen ist. So, wie ich mich da teilweise hochquälen musste, hätte man bei uns unten glatt eine neue Abteilung daraus machen können. Und dann kommt ja noch das Allerallerfieseste: Irgendwann geht es wieder bergab und man freut sich total darüber, dass man nicht treten muss, vergisst dabei aber völlig, dass man ja irgendwann wieder zurückmuss und dann aus jeder Abfahrt ein Berg wird. Zum Glück haben wir vor dem Rückweg eine längere Pause gemacht, das war definitiv das Beste an der ganzen Radtour. Da saßen wir vor einer wunderschönen Windmühle und haben Pommes mit ganz vielen unterschiedlichen Soßen gegessen, das war total lecker. Die Stärkung war allerdings auch bitter nötig, ohne sie hätte ich den Weg zurück nie geschafft. Hab ich auch noch nicht ganz, vor mir liegt noch der letzte Anstieg bis zum Campingplatz.

»Ich kann nicht mehr!«, rufe ich ächzend zu den anderen nach vorne. »Wenn ich gleich tot umfalle, lasst mich einfach hier liegen!«

»Jetzt hör endlich auf zu jammern!«, ruft Lilly zurück. »Wir sind doch quasi schon da! Die paar Meter wirst du wohl auch noch schaffen!«

Ja, wahrscheinlich werde ich das. Und dann kippe ich vom Fahrrad und bleibe für den Rest der Ferien einfach liegen und bewege mich keinen Millimeter mehr.

Cornibus bellt zweimal laut, er hat einen seiner Freunde entdeckt und springt aus dem Korb, der vorne an Ninas Fahrrad befestigt ist. Ja, du hast gut bellen, du wurdest die ganze Zeit gemütlich rumkutschiert und musstest nicht strampeln. Ich habe mir noch nie so sehr gewünscht, ein Hund zu sein, wie während dieser verflixten Radtour.

Ein paar Meter noch, dann ist es geschafft. Wir halten neben dem Campingladen, wo wir die Räder heute Morgen ausgeliehen haben, und geben sie zurück.

Mit letzter Kraft schlurfe ich mit den anderen in Richtung Wohnmobil.

»Wenn du denkst, dass du jetzt Schmerzen hast, dann warte erst mal den Muskelkater morgen ab«, sagt Lilly grinsend in meine Richtung. »Du solltest echt mehr Sport machen, Vitus, dann machst du nicht so schnell schlapp.«

Mehr Sport? Was ist denn das für eine bescheuerte Logik? Ich habe gerade vier Stunden Sport hinter mir und einzig und allein deswegen tut mir ja alles weh. Hätte ich keinen Sport gemacht, wäre alles gut. Ich sollte also definitiv in Zukunft *weniger* Sport machen. Oder am besten gar keinen.

»Oh nein«, sagt Gustav leise und nickt nach vorne. »Das glaube ich jetzt ja nicht. Guckt mal, wir haben neue Nachbarn. Und was für welche.«

Wir gucken alle nach vorne auf das neue Wohnmobil neben uns. Bis jetzt wohnte dort ein älteres Ehepaar, beide waren immer sehr nett zu uns, viel geredet haben sie aber nicht. Jetzt steht dort ein schwarzer, klappriger Kasten, der uns sehr bekannt vorkommt.

»Verdammt«, knurrt Jörg. »Das sind doch die Gruftis von der Tankstelle. Was machen die denn hier? Das kann ja lustig werden. *Nicht.*«

»Jetzt wart's doch ab, Schnuppi«, sagt Nina. »Vielleicht hatten sie ja an der Tankstelle nur einen schlechten Tag. Du musst nicht gleich auf Konfrontation gehen. Schon gar nicht mit einem leeren Magen, der ist nie gut für deine Laune. Lass uns doch erst mal was essen, dann sehen wir weiter.«

»Na gut«, knurrt Jörg und wendet sich an mich. »Vitus, könntest du bitte Cornibus wegschicken? Gegen diesen Schock helfen nur jede Menge Bratwürstchen.«

»Alles klar, kein Problem«, sage ich.

Ich verschwinde kurz im Wohnmobil und hole einen Schokoriegel aus dem Süßigkeitenfach.

Als ich wieder rauskomme, springt Cornibus schon auf mich zu und versucht, mir den Riegel aus der Hand zu schnappen.

»Jetzt warte doch mal!«, sage ich, ihn abwehrend. »Nicht so gierig! Ich muss ihn doch erst mal auspacken!«

Muss ich eigentlich nicht, er würde das Papier auch mitessen, aber das dürfen Hunde hier oben offenbar nicht, hat zumindest Nina gesagt. Cornibus bellt und springt weiter an mir hoch.

»Ja, gleich!«, sage ich. »Aber du kriegst ihn nur, wenn du für mindestens eine halbe Stunde mit deinen Freunden am Strand spielst, okay?«

Cornibus nickt und bellt einmal laut.

»Alles klar«, sage ich und werfe den Schokoriegel, so weit ich kann, den Weg hinunter. »Hol's dir!«

Cornibus flitzt los, schnappt sich den Riegel und düst gleich weiter in Richtung Strand.

Ich gehe zurück zu den anderen, wir setzen uns. Während Jörg den Grill anfeuert, holt Nina alle möglichen Sachen zum Essen aus dem Wohnmobil und deckt den Tisch.

»Für dich haben wir heute einen Grillkäse und Zucchini«, sagt sie zu mir. »Das magst du doch, oder?«

»Ja, sehr gern«, sage ich. »Vielen Dank, dass ihr euch immer so viel Mühe gebt mit meinem Essen.«

»Ach, das ist doch gar kein Problem«, sagt Nina abwinkend. »Dadurch lernen wir andere Sachen kennen und essen vielleicht in Zukunft auch mal weniger Fleisch. Ich finde das grundsätzlich gar nicht so schlecht. Nicht wahr, Schnuppi?«

Jörg gibt einen kurzen, grunzenden Laut von sich, der nicht unbedingt nach Zustimmung klingt.

Kurze Zeit später brutzeln die Sachen auf dem Grill. Wir sitzen alle um den Tisch herum und ich muss mir große Mühe geben, damit mir die Augen nicht zufallen, so erledigt bin ich. Eins steht fest: Nach dem Essen gehe ich sofort und ohne Umwege ins Zelt und schlafe drei Tage durch.

Kurz bevor meine Lider zum mindestens zehnten Mal drohen, nach unten zu klappen, sehe ich, wie der Mann von nebenan auf unseren Tisch zukommt. Okay, sehr gut, es passiert etwas, vielleicht hält mich das ja wach.

»Hey, Nachbar!«, wendet sich der Mann an Jörg. »Ihr habt doch bestimmt ein bisschen Grillkohle für uns übrig! Kriegst sie auch morgen zurück, wenn ich dran denke.«

»Sorry«, sagt Jörg schroff ablehnend. »Aber als Spießer verleihe ich grundsätzlich keine Grillkohle.«

Der Mann schaut Jörg kurz sehr verwundert an, dann fängt er an zu lachen.

»Ach, *ihr* seid das!«, sagt er. »Ihr kamt mir gleich so bekannt vor. Aber wer wird denn so nachtragend sein? Das war doch nur ein kleiner harmloser Witz. Ich

nenne jeden Spießer, der kein Schwarz trägt. Schwamm drüber, okay? Ich heiße übrigens Vincent.«

Er streckt Jörg seine Hand entgegen, Jörg lässt sie demonstrativ knurrend in der Luft hängen.

»Jetzt spiel hier mal nicht die beleidigte Leberwurst«, sagt Nina.

Sie gibt Jörg zwinkernd einen Stups in die Seite und schüttelt die Hand des Manns.

»Ich bin Nina, der Grummelbär hier heißt Jörg«, sagt sie. »Er ist immer ein wenig unleidlich, wenn er Hunger hat, das gibt sich aber nach der ersten Bratwurst. Ihr braucht Grillkohle? Ich hätte da einen Vorschlag. Unser Grill ist bereits angefeuert und wir haben noch Platz. Schnappt euch eure Stühle und euer Essen und setzt euch einfach zu uns. Wir freuen uns über Gesellschaft.«

»Oh … Na ja … Das kommt jetzt etwas überraschend. Aber warum nicht? Weniger Arbeit für mich«, sagt Vincent. »Dann hole ich mal die Kinder.«

Er geht rüber und spricht mit den Kindern.

Jörg rollt mit den Augen in Richtung Nina.

»Jetzt wart's doch mal ab«, flüstert sie ihm zwinkernd zu. »Vielleicht sind sie ja ganz nett.«

Das wage ich stark zu bezweifeln. Das Mädchen sieht jedenfalls alles andere als begeistert aus. Sie motzt ihren Vater an, sein Ton wird kurz etwas schärfer, dann schnappt sie sich einen Stuhl und schlurft griesgrämig murmelnd langsam auf uns zu. Der Bruder und Vincent folgen ihr, schließlich stehen alle drei vor uns.

»So, da wären wir«, sagt Vincent und legt seine Hände auf die Schultern der Geschwister. »Dann stellt euch mal vor, ihr zwei Satansbraten.«

»Luna«, sagt das Mädchen brummelnd und zeigt auf ihren Bruder. »Das ist Liam. Er spricht nicht viel. Und bevor blöde Fragen kommen: Ja, wir sind Zwillinge.«

Wir stehen alle auf, rücken mit den Stühlen und stellen uns vor. Aaron geht auf das Mädchen zu und streckt ihr seine Hand entgegen. Oh nein! Die reißt ihm bestimmt den Kopf ab, wenn er sich jetzt auf Aaron-Art vorstellt. Ich versuche noch, ihm ein Zeichen zu geben, dass er das nicht machen soll, aber da ist es schon zu spät.

»Hallo, ich bin Aaron«, sagt er und tritt ihr ans Schienbein.

Luna verzieht bei dem Tritt keine Miene und fixiert Aaron mit einem sehr finsteren Blick.

»Tut mir leid, ich musste das machen, das ist ein Tick. Ein Tick«, erklärt Aaron.

Luna dreht sich zu ihrem Vater um.

»Kann ich auch so einen Tick haben?«, fragt sie brummend. »Ich würde gerne alle Leute so begrüßen.«

»Haha!«, lacht Nina und klopft Vincent auf die Schulter. »Deine Tochter ist ja ein wahrer Sonnenschein!«

»Ich bin kein Sonnenschein«, knurrt Luna. »Ich bin die Finsternis.«

»Absolut, Spätzchen«, sagt Nina lächelnd. »Aber die Finsternis hat doch sicher wie alle anderen auch Hunger, oder? Komm, pflanz deinen finsteren Hintern neben Lilly, die ersten Würstchen sind gleich fertig.«

»Moment«, knurrt Luna. »Das geht so nicht.«

Sie verschwindet kurz, klettert in ihr Wohnmobil und kommt mit einer großen schwarzen Sonnenbrille auf der Nase zurück.

»Sie sind zu bunt«, knurrt sie in Richtung Nina, während sie mit ihrem Klappstuhl neben Lilly Platz nimmt. »Die Finsternis erträgt so viele Farben nicht.«

»Haha!«, lacht Nina laut auf. »Dann sollte mir die Finsternis an Karneval besser aus dem Weg gehen! Ich gehe schon seit Jahren immer als Regenbogen!«

Vincent setzt sich zwischen Jörg und Nina, Liam schiebt seinen Stuhl mit einigem Abstand neben Aaron. Es dauert nicht lang und die ersten Würstchen kommen auf den Tisch. Die Stimmung ist eher angespannt, alle beäugen sich schweigend kauend.

»Wie alt seid ihr eigentlich?«, fragt Nina. »Ihr müsstet ungefähr alle im gleichen Alter sein, oder?«

»Dreizehn«, brummt Luna als Antwort. »Aber ich habe eine alte Seele.«

»Aha, sehr interessant«, sagt Nina. »Und wie alt genau ist diese Seele? Weißt du das?«

»Älter als die Zeit«, antwortet Luna. »Damals gab es noch keine Jahreszahlen und keine Menschen und keine Erde, nur Finsternis.«

»Das ist unlogisch«, sagt Aaron. »Wenn es noch keine Menschen gab, gab es auch keine Seelen. Ganz davon abgesehen, dass die Existenz von Seelen ohnehin nie wissenschaftlich belegt wurde. Belegt wurde.«

»Ach ja?«, erwidert Luna. »Wenn dich heute Nacht die Finsternis verschluckt, wird das auch nicht wissenschaftlich belegt werden können.«

»Davon würde ich abraten«, sagt Lilly, ohne eine Miene zu verziehen. »Von Aarons kriege ich immer Sodbrennen.«

Die beiden Mädchen gucken sich kurz ernst an, prusten dann aber gleichzeitig laut lachend los.

»Ich glaube, *dich* mag ich«, sagt Luna, als sie sich wieder beruhigt haben, zu Lilly.

»Das klingt wie eine Drohung«, erwidert Lilly grinsend.

»Das sollte es auch«, sagt Luna.

»Und was ist mit dir, Liam?«, fragt Nina den Jungen. »Bist du auch so eine alte Seele?«

Liam zuckt kurz mit den Schultern und schiebt sich ein Stück Bratwurst zwischen die Lippen.

»Liam ist die Stille«, sagt Luna und drückt kurz seine Hand. »Stille und Finsternis sind untrennbar für alle Zeiten verbunden.«

»Deine Kinder sind sehr … äh … tiefgründig«, sagt Nina zu Vincent.

Aha. Wieder etwas gelernt. Tiefgründig ist offenbar ein anderes Wort für seltsam oder sonderbar. So empfinde ich diese beiden jedenfalls. Gustav und Aaron scheint es ähnlich zu gehen, so wie sie die Augen verdrehen. Lilly tuschelt irgendwas mit Luna, sie kichern.

»Ja«, sagt Vincent. »Ist sie nicht wundervoll? Sie kommt ganz nach mir. Ich arbeite als Tätowierer mit dem Schwerpunkt Okkultismus. Die dunkle Seite des Menschen hat mich schon immer fasziniert. Und Luna interessiert sich auch sehr dafür.«

»Okku-was?«, frage ich, weil ich das Wort noch nie gehört habe.

»Okkultismus«, sagt Aaron. »Das ist die Lehre von übersinnlichen und unerklärbaren Phänomenen, die in den meisten Fällen allerdings von der Wissenschaft entmystifiziert werden können. Werden können.«

»So was wie Hexerei?«, fragt Jörg. »Oder Wahrsagen?«

»Ja, das auch«, antwortet Vincent. »Wir saugen alles begierig auf, was wir zu diesem Thema finden können. Wir kommen gerade aus Amsterdam von einem Symposium. Luna ist mittlerweile schon eine kleine Okkultismus-Expertin.«

»Ich bin eine Finsternis-Expertin«, sagt Luna.

»Aha«, erwidert Gustav. »Und warum machst du dann ausgerechnet Urlaub am Strand?«

»Weil man am Strand sehr gut Leute verbuddeln kann, die dämliche Fragen stellen«, sagt Luna.

»Oder im Meer versenken«, ergänzt Lilly. »Das ist auch sehr praktisch.«

Die beiden fangen wieder an zu kichern und so geht das auch für den Rest des Abendessens weiter. Die Erwachsenen unterhalten sich über langweilige Sachen, die Mädels tuscheln und kichern, und wenn einer von uns Jungs mal etwas sagt, kommt sofort irgendein fieser Kommentar von Luna.

Als Gustav, Aaron und ich Nina beim Tischabräumen helfen, kommt Cornibus vom Strand zurück. Er begrüßt uns kurz überschwänglich, bis er plötzlich die Nachbarn am Tisch entdeckt. Im nächsten Augenblick steht er vor Vincent und knurrt und bellt ihn an.

»Oh, ist das eurer?«, fragt er und weicht ein Stück zurück. »Er scheint mich nicht zu mögen.«

»Cornibus!«, sagt Nina streng. »Hör sofort auf damit! Der Mann ist unser Gast! Er hat dir doch gar nichts getan!«

Ich versuche, Cornibus von Vincent wegzuziehen, aber er bleibt hartnäckig stehen und knurrt und bellt weiter.

»Hm, seltsam«, sagt Jörg. »Er ist doch sonst nicht so. Bis jetzt war er zu jedem hier auf dem Platz sehr lieb. Muss an euch liegen.«

Das stimmt, Cornibus mochte bis jetzt jeden hier im Urlaub. Und überhaupt hat er mit Menschen hier oben sonst kein Problem. So feindselig wird er eigentlich nur, wenn … Oh, nein. Bitte nicht. Bitte lasst diesen Vincent kein Dämon sein. Es sind Ferien, verflucht noch mal. Ich will in den Ferien keinen Dämon.

Ich werfe Aaron und Gustav einen sorgenvollen Blick zu, während Cornibus nicht lockerlässt und immer weiter knurrt und bellt.

»Er will sich ja gar nicht mehr beruhigen«, stellt Nina fest. »Vielleicht bringst du ihn am besten rüber ins Zelt?«

»Gute Idee«, sage ich. »Ich wollte sowieso demnächst schlafen gehen, mir tut immer noch alles weh.«

»Ich komme mit«, sagt Gustav.

»Ich auch. Ich auch«, sagt Aaron.

»Ich bleib noch ein bisschen«, sagt Lilly. »Ist gerade so nett hier. Ich bin auch leise, wenn ich rüberkomme.«

Wir verabschieden uns noch kurz, dann schnappe ich mir Cornibus und wir gehen rüber ins Zelt.

Nachdem wir den Reißverschluss geschlossen haben, beruhigt sich Cornibus langsam wieder.

»Was war denn mit ihm los?«, fragt Gustav. »Ich hätte ja gedacht, wenn er jemanden anknurrt, dann diese komische Luna.«

»Ich weiß es nicht«, sage ich. »Ich hoffe nur sehr, dass es nichts mit der Hölle zu tun hat.«

»Du meinst, dieser Vincent könnte vielleicht ein Dämon sein? Dämon sein?«, fragt Aaron.

Cornibus verwandelt sich zurück in seine ursprüngliche Form, wie immer, wenn wir abends ins Zelt gehen.

»Was ist denn mit diesem Mann, Cornibus?«, frage ich ihn. »Ist er ein Dämon?«

»Mann kein Dämon«, antwortet er. »Aber Mann nicht gut. Cornibus nicht weiß warum. Cornibus riechen.«

»Okay«, sage ich erleichtert. »Er ist kein Dämon.«

»Aber irgendwas stimmt trotzdem nicht mit ihm«, sagt Gustav. »Was machen wir denn jetzt?«

»Cornibus Mann beißen«, schlägt Cornibus vor.

»Nein, vorerst nicht«, sage ich. »Wir warten erst mal ab und beobachten ihn. Ich weiß nicht, wie zuverlässig Cornibus' Nase ist, wenn es um normale Menschen geht. Sollte er sich tatsächlich als böse herausstellen, werden wir sicher mit ihm fertig. Ich habe mein Buch dabei, da finden wir ganz sicher einen passenden Spruch.«

»Okay, dann machen wir das so«, sagt Gustav. »Und wenn du schon jemanden beißen willst, Cornibus, dann fang bitte mit Luna an, die hätte es auf jeden Fall verdient.«

Satanische Zeichen

»Wer hat Lust auf eine Runde Würfeln?«, fragt Gustav.

»Also, ich wäre dabei. Dabei«, sagt Aaron.

»Ich auch«, sage ich.

»Was ist mit Lilly?«, fragt Gustav. »Sollen wir sie auch fragen?«

»Nee, lass mal lieber«, antworte ich brummelnd. »Dann müssten wir Luna auch fragen, und ich habe keine Lust, mir wieder ständig ihre fiesen Sprüche anzuhören.«

Das mussten wir nämlich die letzten drei Tage schon über uns ergehen lassen. Lilly und Luna hängen nur noch zusammen, morgens, mittags, abends, egal, man trifft keine von ihnen mehr allein an – wobei ich da bei Luna auch gut drauf verzichten kann. Aber Lilly interessiert sich überhaupt nicht mehr für uns. Am Strand liegt sie den ganzen Tag mit Luna zusammen ganz hinten unter einem Baum. Sie spielt nicht mehr mit uns, geht nicht mehr ins Wasser, wir sind eigentlich nur noch zum Essen und nachts im Zelt mit ihr zusammen. Wenn

wir tagsüber mal zufällig in die Nähe der beiden kommen, stecken sie sofort tuschelnd ihre Köpfe zusammen und fangen an zu kichern. Das nervt total, von daher vermeide ich es mittlerweile sogar komplett, den beiden über den Weg zu laufen. Heute Morgen bin ich sogar extra einen Umweg gelaufen, nur weil Luna und Lilly mir in Hundert Meter Entfernung entgegengekommen sind.

»Wir müssen uns damit abfinden«, sage ich seufzend. »Wir haben Lilly an die Finsternis verloren.«

»Blöde Finsternis, blöde«, knurrt Gustav. »Kann die nicht einfach dorthin verschwinden, wo sie hergekommen ist?«

»Jetzt nehmt das nicht so schwer, Jungs«, sagt Jörg, der mit uns am Tisch sitzt. »Das ist doch nur eine kleine Ferienfreundschaft. In anderthalb Wochen habt ihr eure Lilly wieder.«

»Na, hoffentlich«, sage ich. »Aber ich verstehe das nicht. Warum will sie nichts mehr mit uns zu tun haben? Wir zählen überhaupt nicht mehr, es geht nur noch um Luna. Und das liegt definitiv nicht an uns, *wir* haben uns nicht verändert. Oder haben wir irgendwas gemacht, weshalb sie uns nicht mehr leiden kann?«

Ich schaue die anderen fragend an.

»Nicht dass ich wüsste«, sagt Gustav und zuckt mit den Schultern.

»Ach, Männer«, sagt Nina grinsend. »Ihr kapiert mal wieder gar nichts. Vielleicht braucht Lilly einfach mal zur Abwechslung *weibliche* Gesellschaft? Wenn ich das richtig verstanden habe, verbringt sie doch in St. Fidibus hauptsächlich Zeit mit euch, oder?«

»Na ja, nicht nur«, sage ich. »Morgens ist sie in der anderen Schule.«

»Stimmt, St. Fidibus ist ja eine reine Jungsschule«, sagt Nina. »Hat sie denn an ihrer Schule eine beste Freundin, mit der sie sich vielleicht auch mal nachmittags trifft?«

»Darauf lässt nichts schließen«, sagt Aaron. »Sie hat noch nie etwas von einer Freundin erwähnt. Erwähnt.«

»Dachte ich's mir doch«, sagt Nina. »Und sie lebt mit ihrem Onkel zusammen. Das bedeutet, sie ist außerhalb der Schule nur von Männern umgeben. Da ist es doch kein Wunder, wenn sie sich in den Ferien auf das erste Mädchen stürzt, das ihr über den Weg läuft.«

Hm. Das verstehe ich nicht. Ist es nicht egal, ob deine besten Freunde Jungs oder Mädchen sind? Wo ist denn da der Unterschied? Freunde sind Freunde. Ich meine, klar, Lilly ist meine Schwester, das ist sicher noch mal etwas anderes. Aber mein Freund ist sie trotzdem auch, und das hat nichts damit zu tun, dass sie ein Mädchen ist.

»Aber was machen wir denn anders als Mädchen?«, frage ich. »Mit uns kann sie doch auch alles machen, was sie jetzt mit Luna macht. Gestern haben wir sie gefragt, ob sie eine Runde Boule mitspielt, aber das wollte sie nicht. Und fünf Minuten später hat sie dann plötzlich mit Luna Boule gespielt. Das habe ich überhaupt nicht kapiert. Bevor Luna da war, hat sie immer gern mit uns gespielt, und jetzt überhaupt nicht mehr.«

»Das hat nichts mit euch zu tun«, sagt Nina. »Ihr habt ganz sicher nichts falsch gemacht. Sie spielt nur gerade lieber mit Luna, das geht nicht gegen euch. Manchmal brauchen Mädchen einfach ein anderes Mädchen als Gesellschaft, das ist einfach so. Und zwischen den beiden hat es sofort klick gemacht, das konnte man sehen.

Sie haben einen ähnlichen Humor, das verbindet immer schnell.«

»Einen ähnlich *fiesen* Humor, meinst du wohl«, sagt Gustav brummend. »Als ich Luna gestern einen Schluck von meiner Limo angeboten habe, hat sie gesagt, sie würde eher eine Flasche Sand trinken, bevor sie mit meinen Keimen in Berührung kommt. Da hat sich Lilly fast schlappgelacht.«

»Das darfst du nicht persönlich nehmen«, sagt Nina. »Sie lachen nicht über euch, sondern über ihre eigenen Witze.«

»Es fühlt sich aber so an, als würden sie über uns lachen«, erwidert Gustav. »Und ihre Witze sind auch einfach nicht lustig. Nichts an Luna ist lustig. Die nervt einfach nur.«

»Gegen Leute, die nerven, gibt es ein sehr gutes Mittel«, sagt Jörg. »Ignoriert sie. Beachtet sie gar nicht. Dann hört sie von ganz allein auf zu nerven.«

»Ich versuch's«, sagt Gustav seufzend. »Was ist jetzt? Würfeln wir? Papa? Mama? Seid ihr auch dabei?«

Nina und Jörg nicken und wir fangen an zu spielen.

Als wir zwei Stunden später fertig sind, ist Lilly immer noch drüben bei Luna. Das ist jetzt schon der dritte Tag in Folge, dass wir nicht zum Schlafen zusammen ins Zelt gehen. Wenn das so ist, wie Nina es erklärt hat, gönne ich es ihr ja, dass sie hier eine Freundin gefunden und Spaß mit ihr hat. Aber gleichzeitig vermisse ich sie auch ein bisschen. Wir haben immer noch eine ganze Weile lang alle miteinander gequatscht, bevor wir eingeschlafen sind. Das machen Aaron, Gustav und ich jetzt auch noch, aber irgendwie ist es anders, viel kürzer, heute sagen wir zum Beispiel nur schnell *Gute Nacht* und schlafen dann kurz darauf ein.

Wie lange ich schon geschlafen habe, als mich ein ratschendes Geräusch weckt, weiß ich nicht. Ah, das wird Lilly sein, die gerade den Reißverschluss am Eingang geschlossen hat. Ich hebe meinen Kopf, kann sie aber nicht sehen.

»Lilly?«, flüstere ich.

»Lilly raus«, sagt Cornibus, der immer direkt neben meinem Kopf schläft.

»Wie, raus?«, wundere ich mich. »War sie denn überhaupt schon drin? Wie spät ist es eigentlich?«

Ich werfe einen Blick auf die Uhr, es ist schon nach Mitternacht.

»Lilly erst schlafen«, sagt Cornibus. »Dann aufwachen. Jetzt raus.«

Sie war also schon hier und jetzt ist sie noch mal weg? Was ist denn da los? Zur Toilette ist sie sicher nicht, dann hätte sie den Reißverschluss nicht geschlossen.

Ich krabble aus meinem Schlafsack, öffne den Eingang und strecke meinen Kopf nach draußen. Auf dem Campingplatz herrscht, abgesehen von ein paar Schnarchgeräuschen, komplette Stille. Ich drehe meinen Kopf in alle Richtungen und sehe Lilly schließlich gerade noch so auf dem Weg in Richtung Strand zwischen zwei Bäumen verschwinden. Was hat sie denn vor?

Ich krabble zurück ins Zelt und ziehe meine Schuhe an.

»Luzie?«, erklingt Gustavs verschlafene Stimme hinter mir. »Was machst du denn?«

»Lilly hat sich gerade rausgeschlichen«, sage ich leise. »Ich will sehen, was sie um diese Uhrzeit am Strand macht.«

»Das hat doch bestimmt wieder was mit dieser Luna zu tun«, stöhnt Gustav. »Willst du da wirklich hin? Jörg hat doch gesagt, wir sollen sie ignorieren.«

»Wenn meine Schwester sich nachts irgendwo heimlich rumtreibt, kann ich das nicht ignorieren«, erwidere ich. »Schlaf ruhig weiter, ich krieg das auch allein hin. Ich will ja nur mal gucken.«

»Nein, warte«, seufzt Gustav. »Ich komm mit.«

»Ich auch. Ich auch«, meldet sich Aaron zu Wort.

Fünf Minuten später schleichen wir mit Cornibus im Schlepptau den Weg entlang, auf dem ich Lilly zuletzt gesehen habe.

Als wir das kleine Wäldchen passiert haben, biegt Cornibus sofort nach links in die Dünen ab, wir folgen ihm.

Wir halten uns immer ein Stück hinter Cornibus, es geht eine ganze Weile hoch und runter, bis etwa fünfzig Meter vor uns zwischen zwei Dünen ein flackerndes Licht zu sehen ist. Kurz danach erklingt aus derselben Richtung ein deutliches Kichern.

»Das sind sie«, sage ich leise. »Cornibus, bleib bei uns. Sie sollen uns nicht sehen.«

Wir gehen geduckt etwas näher ran, dann robben wir auf allen vieren durch den Sand bis zum höchsten Punkt der Düne. Als wir vorsichtig unsere Köpfe nach vorne schieben, sehen wir Luna, Lilly und Liam, sie sitzen um ein kleines Lagerfeuer herum.

»Bei mir an der Schule haben alle Jungs Angst vor mir«, sagt Luna. »Dafür habe ich selbst gesorgt. Da war so ein Kerl, gleich am ersten Tag, der hat die ganze Zeit blöde Sprüche über mein Aussehen gemacht. Am zweiten Tag habe ich mir eine von Papas Tätowiermaschinen gemopst und sie mit in die Schule genommen. Dann habe ich mir den Typ gleich in der ersten Pause geschnappt und ihm die Maschine unter die Nase gehalten, mit dem Hinweis, dass ich ihm meinen Namen auf die Augäpfel tätowieren würde, falls er noch einen dämlichen Spruch loslässt. Das hat sich wie geplant sehr schnell unter sämtlichen anderen Idioten rumgesprochen und seitdem habe ich in der Schule meine Ruhe.«

»Hihi, sehr cool«, sagt Lilly kichernd. »Bei mir gab

es letztes Jahr ein Mädchen, das mich gemobbt hat. Das hatte sich dann aber auch sehr schnell erledigt. Die Jungs an meiner Schule lassen mich auch ohne Drohungen in Ruhe, die sind eigentlich ganz okay.«

»Ich weiß nicht«, sagt Luna. »Ich habe noch keinen Jungen kennengelernt, den ich okay fand. Jungs sind allesamt Vollidioten. Außer Liam natürlich.«

Sie streichelt Liam über die Schulter, er grunzt kurz und zieht missmutig guckend seine Schulter von ihr weg.

»Also, *meine* Jungs sind keine Vollidioten«, sagt Lilly. »Klar, der eine oder andere nervt manchmal, vor allem Vitus. Aber grundsätzlich kann ich mich immer auf sie verlassen. Wir haben schon sehr viel miteinander erlebt, bessere Freunde kann ich mir nicht vorstellen. Wir passen immer aufeinander auf. Auch wenn es eigentlich gar nicht notwendig ist. Stimmt's, Jungs?«

Sie hebt ihren Kopf und guckt grinsend genau in unsere Richtung.

»Ihr könnt rauskommen!«, ruft sie. »Ich habe Vitus'

Haare schon vor ein paar Minuten da oben hervorblitzen gesehen!«

Was? Mist, stimmt, meine Haare, die stehen ab, da hab ich nicht dran gedacht.

Cornibus stürmt vor uns die Düne hinunter und lässt sich von Lilly kraulen. Wir stiefeln mit ertappten Mienen hinterher, bis wir vor den dreien um das Feuer herumstehen.

»Öh … wir … wir wollten nur mal gucken, was ihr so macht«, sage ich verlegen. »Schönes Lagerfeuer habt ihr da.«

»Aha, soso«, sagt Luna mit grimmigem Blick. »Na, dann setzt euch mal zu uns. Normalerweise lasse ich keine Jungs an mein Lagerfeuer, aber Lilly hat ja sozusagen für euch gebürgt.«

Wir setzen uns um das Feuer herum.

»Aber wenn ihr schon hier sein dürft, müsst ihr uns auch etwas bieten«, sagt Luna. »Kennt ihr irgendwelche gruseligen Lagerfeuer-Geschichten? Irgendwas ganz Grausames vielleicht? Etwas, wo Leute sterben? Ich liebe grausame Geschichten.«

Wie bitte? Sie fragt mich, den Sohn des Teufels, ob ich grausame Geschichten kenne? Da wüsste ich gar nicht, wo ich anfangen sollte. Aber das weiß sie ja nicht und sie soll es auch nicht wissen, von daher tue ich einfach mal ganz unschuldig.

»Grausame Geschichten?«, erwidere ich. »Nein, so was kennen wir nicht. Wir kennen nur ganz langweilige Geschichten, in denen lauter liebe Sachen passieren.«

»Igitt, das ist ja ekelhaft«, sagt Luna angewidert. »Dann wird es aber höchste Zeit, dass ihr mal ein paar wirkliche Horrorgeschichten zu hören bekommt.«

Na, da bin ich ja mal gespannt. Ich zeige auf die Colaflasche, die neben Lilly im Sand steckt.

»Kann ich bitte einen Schluck haben?«, frage ich. »Mein Mund ist jetzt schon ganz trocken vor lauter Spannung. Ich kann mit Horror überhaupt nicht umgehen, so was macht mich immer total fertig.«

Lilly reicht mir mit einem wissenden Zwinkern die Flasche, ich nehme einen tiefen Schluck davon.

»Okay, dann schnall dich besser mal an«, sagt Luna mit theatralisch verstellter, tiefer Stimme. »Glaubt ihr an Satan?«

Ich spucke einen Mundvoll Cola prustend über das Feuer direkt in ihr Gesicht.

Wir starren sie alle an und warten auf ihre Reaktion. Sie wischt sich mit dem Ärmel über die Augen und ihr Mund verzieht sich zu einem breiten Grinsen.

»Dass ich *so* gut im Horrorgeschichtenerzählen bin, wusste ich auch noch nicht«, sagt sie. »Ich habe doch noch nicht mal richtig angefangen und du machst dir schon in die Hose.«

»Das … Äh … Das war …«, stammle ich. »Tut mir echt leid. Ich habe mich nur so … erschreckt.«

»Wegen Satan?«, fragt Luna. »Hast du so viel Angst vor dem Teufel?«

Na ja, kommt drauf an, was ich angestellt habe und wie er mich dafür bestraft. Wobei, Angst hat mir das eigentlich nie gemacht, das ist einfach nur nervig.

Ich weiß nicht, wie ich reagieren soll, und schaue verwirrt von Aaron zu Gustav zu Lilly und wieder zurück, was mir aber auch nicht weiterhilft, sie gucken alle drei leicht belustigt.

»Ja, sag doch mal, *Vitus*«, wendet sich Lilly grinsend an mich. »Hast du sehr viel Angst vor dem Teufel?«

»Öh … Na ja … Geht so …«, sage ich.

»Du glaubst aber an seine Existenz?«, hakt Luna nach.

Ob ich daran glaube, dass mein Vater existiert? Wäre komisch, wenn nicht, oder?

Ich zucke mit den Schultern.

»Und ihr?«, wendet sich Luna an die anderen. »Glaubt ihr an Luzifer, den Herrscher der Finsternis?«

»Na ja«, sagt Gustav und kratzt sich verlegen am Kopf. »So ganz ausschließen würde ich seine Existenz jetzt nicht.«

»Alle wissenschaftlichen Erkenntnisse sprechen dagegen«, sagt Aaron. »Aber es gibt auch immer wieder Sachen, die von der Wissenschaft nicht erklärt werden können. Werden können.«

»Was ist mit dir?«, wendet sich Luna mit ernstem Blick an Lilly. »Glaubst du an den Teufel?«

Lilly lässt ihren Blick kurz durch die Runde schweifen, dann fängt sie an zu lachen.

»Haha! Ernsthaft jetzt?«, sagt sie. »Ich dachte, das gehört schon zu deiner gruseligen Lagerfeuer-Geschichte. Der Teufel, ja, genau. Da kannst du mich genauso gut fragen, ob ich an Schneewittchen glaube. Oder an Voldemort. Das sind doch alles nur Märchen und Geschichten, die sich jemand ausgedacht hat. Haha! Der Teufel! Sorry, aber damit machst du mir keine Angst.«

Luna guckt kurz Liam durchdringlich an, er zeigt keine Reaktion.

»Okay«, sagt sie und senkt ihre Stimme verschwörerisch. »Was, wenn ich euch sage, dass es den Teufel und die Hölle und Dämonen und das alles wirklich gibt?«

»Dann würde ich sagen, dass du uns veräppeln willst«, sagt Lilly grinsend. »Da musst du dir aber schon was einfallen lassen, das zumindest einigermaßen glaubhaft klingt.«

»Nein, echt!«, erwidert Luna. »Es gibt das alles wirklich!«

»Aha«, sagt Lilly. »Und woher weißt du das? Hast du den Teufel oder so einen Dämon schon mal getroffen?«

»Nein, *noch* nicht«, antwortet Luna. »Aber wenn alles klappt, ist es morgen so weit.«

»Wie, was ist morgen so weit?«, frage ich verwundert.

»Morgen treffen wir Luzifer«, sagt Luna.

Aha. Das möchte ich aber stark bezweifeln. Papa kommt nur in absoluten Notfällen hier hoch.

»Das macht mich neugierig«, sagt Aaron. »Angenommen, es gibt den Teufel und die Hölle und das alles tatsächlich. Wieso sollte er dann ausgerechnet hier auf diesen holländischen Campingplatz kommen, um euch zu treffen? Zu treffen?«

»Weil wir ihn rufen werden«, flüstert Luna unheilvoll.

»Ach, so einfach ist das?«, sagt Lilly grinsend. »Na, das können wir doch auch gleich ausprobieren! LUZIFER! KOMMST DU MAL KURZ? LUZIFEEEEEER! DU KANNST AUCH GERN NOCH EIN PAAR DÄMONEN MITBRINGEN, WIR HABEN COLA!«

»Doch nicht so«, brummt Luna leicht beleidigt. »Das ist eine ernste Angelegenheit. Papa hat in Amsterdam auf einem Flohmarkt ein uraltes Buch entdeckt, da steht drin, wie man den Teufel ruft. Da muss man bestimmte Regeln ganz ge-

nau befolgen. Und das funktioniert auch nicht immer, sondern nur morgen, da ist nämlich Vollmond und die Sterne stehen in einer besonderen Konstellation.«

Der Vollmond und die Sterne? Was ist denn das für ein Blödsinn? Die kann Papa von der Hölle aus doch gar nicht sehen. Außerdem kommt er immer zu spät zu Verabredungen, manchmal sogar ein paar Tage.

»Und man braucht eine bestimmte geheime Beschwörungsformel«, fährt Luna fort. »Die ist in Latein und muss rückwärts vorgelesen werden.«

Okay, noch mehr Blödsinn. Latein ist doch diese tote Sprache, das hat mir Aaron erklärt. Bei uns unten ist zwar so gut wie alles tot, aber Latein spricht oder versteht dort trotzdem niemand, am allerwenigsten Papa.

»Und man muss den Ankunftsort speziell vorbereiten«, erklärt Luna weiter. »Dafür braucht man ein Pentagramm, in dem ganz bestimmte satanische Zeichen angeordnet sein müssen, sonst klappt es nicht.«

Pentagramm! Genau, das war es, so heißt das runde Ding mit dem Stern, das Papa tätowiert hat, das kenne ich also! Aber satanische Zeichen? Was soll das denn sein? Das einzige Zeichen, das Papa kennt und ständig benutzt, macht er mit seinem Mittelfinger.

»Eine Pforte der Hölle zu öffnen, ist eine sehr komplizierte Angelegenheit«, sagt Luna. »Das kann nicht jeder.«

»Und wieso könnt ausgerechnet ihr es dann?«, will Gustav wissen.

»Weil unser Vater einer der weltweit mächtigsten Satanisten ist«, antwortet Luna. »Das darf aber niemand wissen, okay? Das ist streng geheim. Vor allem er darf nicht erfahren, dass ihr es wisst, sonst gibt es richtig Ärger.«

Ein, wie bitte, was ist er? Ein Satanist? Was ist denn das jetzt schon wieder?

»Satanisten? Noch nie gehört«, sage ich deshalb verwundert. »Ist das so was wie ein Polizist? Oder ein Terrorist?«

Letztere kenne ich, die sitzen bei uns unten in Abteilung 47a bei den Bombenbauern mit drin und müssen mit Sprengstoffgürteln, die auf Erschütterung reagieren, Trampolin springen.

»Satanismus ist eine okkulte Bewegung, bei der es aber unterschiedliche Ansätze gibt«, erklärt Aaron. »Ich nehme an, euer Vater gehört zu denjenigen, die den Teufel verehren? Teufel verehren?«

»Ja«, sagt Luna ernst nickend. »Liam und ich sind auch Satanisten. Aber Papa hat natürlich mehr Erfahrung. Und er hat eben dieses Buch entdeckt, in dem drinsteht, wie man Luzifer heraufbeschwören kann. Das geht aber nur ein Mal im Jahr zu einer bestimmten Zeit an einem bestimmten Ort. Papa hat berechnet, dass dieser Ort in diesem Jahr genau hier am Strand ist. Morgen Nacht ist es endlich so weit.«

»Was genau ist morgen Nacht so weit?«, frage ich leicht verwirrt.

»Na, morgen treffen wir Luzifer«, antwortet Luna. »Dann kehrt die Finsternis zurück auf die Erde und alles wird gut.«

»Äh … ich dachte, *du* bist die Finsternis«, sagt Gustav grinsend. »Du bist doch schon da. Und trotzdem ist nicht alles gut.«

»Ich bin nur die Vorbotin der Finsternis«, knurrt Luna ihn an. »Und ich kann sicher dafür sorgen, dass du morgen als Erster verschlungen wirst, dann sind wir schon mal auf einem guten Weg.«

»Moment«, sage ich. »Moment mal. Verstehe ich das richtig? Ihr wollt morgen Luzifer höchstpersönlich mit irgendeinem alten Buch hier an den Strand beschwören?«

»So ist es«, bestätigt Luna.

»Und dann?«, fragt Lilly.

»Wie, und dann?«, fragt Luna verwundert zurück.

»Na, wenn wir jetzt mal annehmen, dass es ihn wirklich gibt und es tatsächlich klappt«, fährt Lilly fort. »Dann steht er morgen Nacht irgendwann plötzlich vor euch. Was macht ihr dann?«

»Öh … na ja …«, sagt Luna und kratzt sich verlegen

am Hinterkopf. »So weit habe ich noch gar nicht gedacht. Wahrscheinlich fallen wir erst mal vor ihm auf die Knie und sagen ihm, wie sehr wir ihn verehren und lieben. Und Papa will ihn um neue Haare bitten, weil er seine alte Frisur sehr vermisst.«

»Haha, tolle Idee!«, sagt Lilly lachend. »Ihr holt also den Teufel, die fieseste und böseste Gestalt der Weltgeschichte gegen seinen Willen mitten in der Nacht aus der Hölle, erzählt ihm was von Liebe und bittet ihn darum, Friseur zu spielen. Na, der wird sich freuen!«

»Ja, wird er!«, erwidert Luna pampig. »Weil wir seine treuesten Untertanen sind und alles für ihn tun würden!«

»Ach ja?«, sagt Lilly. »Ihr würdet euch also auch von ihm ungespitzt bis zur Hölle in den Boden rammen lassen? Das blüht euch nämlich höchstwahrscheinlich morgen.«

»Gar nicht!«, erwidert Luna sauer. »Du hast überhaupt keine Ahnung! Eben hast du doch noch behauptet, dass es ihn gar nicht gibt! Wie kann er uns dann in den Boden rammen? Und wieso bist du denn auf einmal so komisch? Ich dachte, wir sind Freundinnen!«

»Sind wir auch«, sagt Lilly. »Aber als Freundin muss ich dir auch sagen dürfen, wenn du totalen Schwachsinn erzählst.«

»Das ist kein Schwachsinn!«, erwidert Luna. »Das stimmt alles! Echt!«

»Okay«, sagt Lilly. »Dann hast du ja sicher nichts dagegen, wenn wir morgen mitkommen und uns persönlich davon überzeugen, dass es den Teufel gibt.«

»Das … Das geht leider nicht«, sagt Luna leise. »Das würde Papa nie erlauben. Ihr seid Ungläubige. Wenn ihr dabei seid, kommt Luzifer nicht.«

Wenn sie sich da mal nicht täuscht – wir wären wahrscheinlich der einzige Grund, weshalb Papa hier hochkommen würde.

»So was dachte ich mir schon«, sagt Lilly. »Aber vielleicht kannst du ja ein Handyfoto von ihm machen?«

»Das geht leider auch nicht«, erwidert Luna. »Papa sagt, es dürfen keine modernen Geräte in der Nähe sein, wenn wir Luzifer rufen. Die kann er nämlich nicht leiden.«

Oh, das stimmt ja ausnahmsweise sogar. Papa hat Steven mindestens zehnmal den Kopf abgerissen, bevor er sich auf die Einführung von Handys bei uns unten eingelassen hat.

»Och, das ist aber blöd«, sagt Lilly zwinkernd. »Dann wird es wohl weiterhin keinen Beweis dafür geben, dass der Teufel wirklich existiert.«

»Er existiert!«, sagt Luna. »Echt! Das müsst ihr mir glauben!«

»Sorry, aber ich glaube nur das, was ich sehen kann«, sagt Lilly. »Aber egal, ich wünsche euch jedenfalls ganz viel Spaß mit eurem Teufel morgen. Sag mal, wolltest du nicht eigentlich eine gruselige Geschichte erzählen?«

»Jetzt hab ich keine Lust mehr«, brummelt Luna. »Wenn ihr sowieso nicht an Satan glaubt, funktioniert die Geschichte auch nicht.«

»Dann eben nicht«, sagt Lilly mit den Schultern zuckend. »Stattdessen erzähle ich euch jetzt eine sehr, sehr gruselige Geschichte. Wusstet ihr, dass auf der Welt ungefähr 815 Millionen Menschen hungern müssen? Und alle zehn Sekunden stirbt ein Kind unter fünf Jahren an den Folgen des Hungers. Ende der Geschichte.«

»Das ist allerdings sehr, sehr gruselig«, sagt Gustav leise.

Oh ja, das ist es. Das war mir nicht bewusst. Mir läuft ein kalter Schauer den Rücken hinunter. Ich kann nur hoffen, dass unser Opa sich da oben gut um diese Kinder kümmert, wenn er schon nicht dafür sorgt, dass sie hier unten genug zu essen haben.

Nüsse

»Kommen sie?«, frage ich flüsternd.

»Nein, immer noch nicht«, antwortet Lilly leise. »Sie sind im Wohnmobil, da brennt noch Licht.«

Lilly kauert vorne am Eingang unseres Zelts und späht nach draußen.

»Wie viel Uhr ist es denn jetzt?«, fragt sie.

»Es ist kurz nach Mitternacht. Mitternacht«, antwortet Aaron.

»Denkt ihr wirklich, es ist eine gute Idee, ihnen hinterherzuschleichen?«, fragt Gustav. »Ich meine, was, wenn sie aus Versehen einen Dämon rufen? Ich habe absolut keine Lust, irgendeinen fiesen Dämon am Hals zu haben, das letzte Mal hat mir echt gereicht.«

»Das hatten wir doch alles schon, Gustav«, sagt Lilly leicht genervt.

Stimmt, hatten wir. Eigentlich gab es heute den ganzen Tag über kein anderes Thema als Luna und ihre Satanisten-Sippschaft. Luna ist uns komplett aus dem Weg gegangen, hat nur ab und zu mal skeptisch zu uns herübergeschaut und Lilly auch nur ganz kurz mit einem Kopfnicken gegrüßt heute Morgen. Lilly vermutet, dass sie Angst hat, dass wir ihrem Vater erzählen, dass wir wissen, was sie vorhaben, aber das machen wir natürlich nicht. Es ist sowieso totaler Blödsinn, das wird nie und nimmer funktionieren, niemand hier oben kann Dämonen hervorrufen und unseren Vater schon gar nicht. Wer das hier irgendwelchen leichtgläubigen Menschen einredet, hat immer andere Motive und landet später garantiert bei uns unten in Abteilung 85a bei den Schamlosen Scharlatanen. Da sitzen all diese selbst ernannten Wunderheiler, Schwurbelschwafler und Sektenführer, die den Leuten mit leeren Versprechungen Hoffnungen auf ein besseres Leben machen, ihnen dabei aber nur das Geld aus den Taschen ziehen. Mir fällt gerade nicht ein, was die als Bestrafung machen müssen, muss ich Papa mal fragen, wenn wir wieder unten sind. Jedenfalls waren wir uns fast alle einig, dass es völliger Blödsinn ist, was Luna und ihre Familie heute Nacht vorhaben. Nur Gustav hat eben noch ein paar Zweifel, weil er keine Lust hat, nach der Sache mit Bollock schon wieder einem Dämon zu begegnen. Was aber garantiert nicht passieren wird. Neugierig sind wir aber trotzdem, wie das ablaufen wird, deshalb haben wir beschlossen, es uns heimlich anzugucken. Hoffentlich geht es bald los, so langsam werde ich nämlich müde.

»Du musst dir wirklich keine Sorgen machen, Gustav«, sagt Lilly. »Falls sie es wider Erwarten tatsächlich schaffen sollten, Papa hier hochzurufen, haben wir sowieso nichts zu befürchten. Und falls es irgendein Dämon ist, werden wir mit dem auch schon noch fertig. Müssen wir aber gar nicht, weil es nicht passieren wird, okay?«

»Okay«, sagt Gustav seufzend. »Ihr habt ja recht. Wenn sich jemand damit auskennt, dann seid ihr es.«

»Genau«, sagt Lilly. »Ich glaube ja, das wird gleich sehr lustig. Also, für uns. Für Luna wird es … Oh, sie kommen aus dem Wohnmobil!«

Lilly zieht sich ein Stück zurück und späht nur noch durch einen kleinen Spalt zwischen den Zeltplanen. Sie legt einen Zeigefinger auf ihre Lippen, wir hören Schritte nicht weit von unserem Zelt entfernt auf dem Kiesweg.

Als die Schritte leiser werden, zieht Lilly vorsichtig den Reißverschluss des Zelts ganz nach unten. Sie gibt uns ein Zeichen, ihr zu folgen.

Wir verlassen alle das Zelt, bleiben aber noch in der Hocke.

»Jetzt«, sagt Lilly irgendwann und erhebt sich.

Wir folgen ihr den Weg zum Strand entlang. Cornibus verwandelt sich in eine Möwe und schwingt sich in die Luft. Wir haben ihm vorher gesagt, er soll uns von oben die Richtung zeigen, damit wir nicht zufällig entdeckt werden. Bevor der Strand anfängt, biegen wir nach links in die Dünen ab.

Der Vollmond erhellt den kompletten Strand und wir können Cornibus sehr gut über uns sehen. Er fliegt eine ganze Weile weiter nach links, wir kämpfen uns hoch und runter durch die Dünen. Schließlich bleibt Cornibus etwa hundert Meter vor uns in der Luft stehen. Als wir direkt unter ihm stehen, kommt er zu uns herunter geflogen und landet auf meiner Schulter.

»Mann und Kinder stehen«, sagt er. »Nicht mehr laufen.«

»Alles klar«, sagt Lilly.

Wir robben die dem Strand am nächsten gelegene Düne nach oben, bis wir gedeckt durch ein paar Büschel hohes Gras sehen können, was unten passiert. Ah, da sind sie ja. Sie sind gar nicht weit von uns entfernt, viel näher an der Düne als am Wasser. Der Vater öffnet eine alt aussehende, mittelgroße Truhe und holt alle möglichen Sachen heraus. Er zieht ein rotes Gewand über, das bis auf den Boden reicht. Luna und Liam ziehen auch solche Gewänder an. Dann holt der Vater sechs große Fackeln aus der Truhe und zündet sie an. Im nächsten Moment sind die drei von dichtem Qualm umgeben und fangen an zu husten.

»Blöder … Öchö! Öchö! … Wind, blöder«, sagt der Vater und reicht die Fackeln den Kindern. »Ihr wisst, was zu tun ist! Wir haben das nicht umsonst zu Hause geprobt!«

»Sehr gut«, flüstere ich. »Wir können sie sogar hören.«

»Ja, aber sie uns vielleicht auch«, flüstert Lilly zurück. »Also, komplette Stille ab jetzt.«

Luna und Liam stecken die Fackeln in bestimmten Abständen in den Sand und ziehen anschließend mit Stöcken Linien dazwischen in den Boden. Es dauert eine Weile, bis ich erkennen kann, was die Linien darstellen.

»Dieses Zeichen hat Papa manchmal auf dem Arm«, zische ich den anderen zu.

»Ein Pentagramm«, erklärt Aaron. »Eine geometrische Figur, die man auch Drudenfuß, Drudenstern oder Pentalpha nennt. Pentalpha nennt.«

»Schhhhhh!«, ermahnt uns Lilly zur Ruhe.

Als die beiden mit dem Pentagramm fertig sind, reichen sie ihrem Vater die Stöcke. Er steckt einen in den Sand, nimmt sich den anderen und zieht damit einen Kreis um das Pentagramm, der die fünf Spitzen berührt. Dann zeichnet er über jede der fünf Spitzen ein anderes kleineres Zeichen, von denen mir keins bekannt vorkommt. Er holt eine kleine Flasche aus seinem Umhang und tröpfelt etwas auf jedes der Zeichen.

»Was ist das, Papa?«, fragt Luna.

»Das ist Hühnerblut«, antwortet ihr Vater. »Am besten wäre ganz frisches, aber ich habe niemanden gefunden, der mir ein Huhn verkaufen wollte.«

Das ist auch besser so. Wenn der hier ein Huhn geschlachtet hätte, wäre Cornibus ausgerastet.

»Kommt zu mir«, sagt Vincent mit gebieterischer Stimme und platziert sich zwischen den unteren beiden Spitzen des Pentagramms.

Luna und Liam stellen sich links und rechts neben ihren Vater, der ein sehr alt aussehendes Buch aus seinem Umhang zieht und es öffnet.

»Seid ihr bereit?«, fragt er seine Kinder.

Die beiden nicken.

»Zeigt keine Angst, wenn Lord Satan erscheint«, sagt der Vater. »Nur Dankbarkeit und tiefste Untertänigkeit.«

Die beiden nicken noch einmal.

Der Vater streckt das Buch vor seinen Augen in den Himmel. Falsche Richtung, du Trottel, da oben findest du Papa ganz sicher nicht. Er erhebt seine Stimme und fängt mit einer Art Singsang an, von dem ich kein Wort verstehe.

»TNUSNI ORBIL CIUH ATLUTS ISIN LIHIN!«, ruft er. »TSE SUTLUTS, TAGEL DI IUQ!«

Er hält einen Moment inne und blickt auf die Mitte

des Pentagramms. Nichts passiert. Er wiederholt seinen Singsang etwas lauter. Wieder der Blick auf das Pentagramm. Dort bewegt sich plötzlich der Sand. Als wäre etwas darunter. Es wird größer. Und es hat Hörner. Man kann förmlich hören, wie die drei da unten die Luft anhalten. Auch links und rechts neben mir höre ich, wie erstaunt Luft eingesogen wird. Drei Sekunden später steht ein fünf Meter großes Eichhörnchen vor unseren Satanisten und ich versuche mein Lachen in meinem Ärmel zu ersticken, damit sie es nicht hören. Lilly boxt mich kurz in die Seite und grinst mich breit an, bevor sie ihren Blick wieder nach unten richtet.

Oh, was habe ich mich auf diese dummen Gesichter gefreut! Es hat perfekt geklappt, Cornibus hat sich genau an meinen Plan gehalten! Wobei ich ihm nicht gesagt habe, in welches Tier er sich verwandeln soll, er sollte sich nur als Sandfloh unten verstecken und sich dann in etwas Großes verwandeln.

»AAAAAAAAAH!«, schreit Liam panisch auf. »DER TEUFEL IST EIN EICHHÖRNCHEN!«

»KEINE ANGST ZEIGEN, HAB ICH GESAGT!«, fährt sein Vater ihn an. »BLEIBT GANZ RUHIG! DER MEISTER HAT DIESE FORM GEWÄHLT, UM UNS MIT SEINER ANWESENHEIT ZU BEGLÜCKEN! PREISET DEN HERRSCHER DER FINSTERNIS!«

Er schubst seine Kinder nach vorne in den Sand und wirft sich dann selbst vor Cornibus auf den Boden.

»OH, EHRWÜRDIGER SATAN!«, ruft er. »IHR ADELT UNS MIT EURER GRAUSAMEN ANWESENHEIT! WIE KÖNNEN WIR EUCH ZU DIENSTEN SEIN? WOLLT IHR EINEN MEINER SPRÖSSLINGE? BEIDE SIND JUNG UND UNSCHULDIG, WÄHLT EINFACH AUS!«

»Äh ... Aber, Papa ...«, sagt Luna mit verstörtem Blick. »Du hast doch gesagt, wir ...«

»SCHWEIG, UNWÜRDIGE!«, fährt ihr Vater sie an. »DER MEISTER BEKOMMT, WAS DER MEISTER VERLANGT! WAS DARF ES SEIN, OH UNBARMHERZIGER FÜRST DER FINSTERNIS?«

Cornibus beugt sich ein ganzes Stück zu ihm hinunter.

»LUZIBUS WILL NÜSSE!«, ruft er.

»Äh ... wie bitte?«, fragt Vincent verwundert. »Ich weiß nicht, ob ich das richtig verstanden habe, Eure Schrecklichkeit.«

»LUZIBUS NÜSSE!«, wiederholt Cornibus.

»Nüsse? Haben wir Nüsse?«, richtet sich Vincent verwirrt an seine Kinder.

»Nein«, antwortet Luna kleinlaut. »Du hast nie etwas von Nüssen gesagt.«

»WIESO HABT IHR NICHT AN NÜSSE GEDACHT, IHR VERSAGER?«, schreit Vincent die beiden an. »SEINE LORDSCHAFT WILL NÜSSE! ODER DARF'S AUCH ETWAS ANDERES SEIN, MEIN FINSTRER HERRSCHER?«

Cornibus verwandelt sich.

»AAAAAAAAAH!«, schreit Liam angsterfüllt. »DER TEUFEL IST EIN KANINCHEN!«

Wir brechen hinter der Düne zusammen vor unterdrücktem Lachen.

»LUZIBUS KAKAROTTEN!«, brüllt Cornibus.

»Hat er gerade Kakarotten gesagt?«, fragt Vincent Luna.

»Hat sich so angehört«, antwortet sie. »Vielleicht stottert er.«

»KAKAROTTEN!«, wiederholt Cornibus. »LUZIBUS! JETZT!«

»TUT MIR LEID, EURE SCHRECKLICHKEIT!«, ruft Vincent. »WIR HABEN AUCH KEINE KAROTTEN! DIE LÄDEN HIER SIND ALLE SCHON GESCHLOSSEN! WIE GESAGT, ICH KANN EUCH MEINE KINDER ANBIETEN! IHR KÖNNT AUCH GERN BEIDE

HABEN! UND ES WÄRE GANZ ENTZÜCKEND VON EUCH, WENN ICH IM GEGENZUG MEINE HAARPRACHT ZURÜCKKRIEGEN KÖNNTE, BITTE!«

»MANN BÖSE!«, brüllt Cornibus ihn an. »LUZIBUS MAG BÖSEN MANN NICHT! LUZIBUS WEG!«

Cornibus verwandelt sich in eine Möwe. Er breitet seine Flügel aus und schwingt sich in die Luft, wobei der Wind, den er damit erzeugt, die drei Satanisten fast umwirft. Als Cornibus die Wasserlinie erreicht, verwandelt er sich in der Luft, lässt sich als Delfin in die Fluten plumpsen und saust schnatternd in Richtung Horizont.

»Ooooooh!«, sagt Liam. »Der Teufel ist ein Delfin! Wie cool!«

»NEIN, NICHT!«, ruft Vincent Cornibus hinterher. »BLEIBT HIER, EURE LORDSCHAFT! GEHT NOCH NICHT! ICH HABE SO LANGE AUF EURE ANKUNFT GEWARTET! UND AUF MEINE HAARE! LASST MICH NICHT IM STICH!«

»Er ist weg, Papa«, sagt Luna. »Und ich glaube, das ist auch sehr gut so.«

»SCHNAUZE!«, brüllt Vincent seine Tochter an. »DAS IST ALLES NUR EURE SCHULD! IHR HABT NICHT AN DIE NÜSSE GEDACHT UND JETZT IST ER WEG! WIR MÜSSEN IHN ZURÜCKHOLEN!«

Er zieht ein Taschenmesser aus seinem Umhang und klappt es auf.

»VIELLEICHT WAR ICH IHM NICHT ENTSCHLOSSEN GENUG!«, schreit er. »VIELLEICHT MUSS ER NUR FRISCHES BLUT RIECHEN! LIAM, GIB MIR DEINEN FINGER! DAS WIRD NUR EIN KLEINER PIKS! KOMMT ZURÜCK, MEIN FINSTRER HERRSCHER! ICH BIN BEREIT FÜR EUCH! ICH BIN WÜRDIG, EUER UNTERTAN ZU SEIN!«

Okay, das ist jetzt nicht mehr lustig, im Gegenteil. Wir hören alle schlagartig auf zu lachen und starren angespannt nach unten.

»Kann sein, dass wir gleich sehr schnell eingreifen müssen«, sagt Lilly und wirft mir einen durchdringenden Blick zu. »Halt dich bereit.«

Ich nicke kurz und wir rücken ein Stück nach vorne.

»SCHAU HER! ICH OPFERE DIR MEINEN SOHN, LUZIBUS!«, brüllt Vincent.

»LASS IHN SOFORT LOS!«, schreit Luna.

Sie greift nach einem der Stöcke und richtet ihn auf ihren Vater. In diesem Moment hebt Liam einen Fuß und tritt nach hinten, genau an Vincents Schienbein.

»Au, verdammt!«, brüllt Vincent auf und lässt vor Schreck Liam los und das Messer fallen.

Liam bückt sich blitzschnell nach dem Messer und kriegt es zu fassen. Er stellt sich vor Vincent und richtet die Spitze des Messers auf ihn.

»LASS MICH IN RUHE!«, schreit er seinen Vater an.

»ICH WILL DAS ALLES NICHT! ICH WOLLTE DAS NOCH NIE! DU MACHST MIR ANGST! ICH WILL KEINE ANGST MEHR HABEN!«

»Pfffft«, sagt Vincent mit verächtlichem Blick. »Natürlich hast du Angst. Du kommst ganz nach deiner Mutter. Die war genauso weich. Deshalb ist sie ja auch abgehauen.«

»IST SIE NICHT!«, erwidert Liam mit brechender Stimme. »DU HAST SIE VERTRIEBEN MIT DIESEM GANZEN TEUFELSMIST! DESHALB HAT SIE UNS VERLASSEN! UND ICH WÜRDE VIEL LIEBER BEI IHR WOHNEN!«

»Tja, Pech gehabt«, sagt Vincent. »Sie wollte euch nicht. Sie ist einfach weggegangen und hat euch im Stich gelassen.«

»Das stimmt nicht«, knurrt Luna leise. »Ich habe schon seit einiger Zeit wieder Kontakt zu ihr. Sie hat mir alles erzählt. Du hast ihr gedroht, dass deine Satanistenfreunde sie besuchen, wenn sie uns mitnimmt.«

»WAS?«, schreit Liam.

»UND WIESO ERZÄHLST DU MIR DAS NICHT? DU BIST MEINE SCHWESTER!«

»Ich wollte dich beschützen«, sagt Luna kleinlaut.

»Verstehe«, sagt Liam. »Hast du deswegen auch diesen ganzen Teufelskram mitgemacht?«

»Na ja, am Anfang schon deswegen«, sagt Luna. »Aber irgendwann hab ich dann wirklich daran geglaubt. Und heimlich gehofft, dass er Papa einfach mitnimmt, wenn er auftaucht. Hat er aber leider nicht.«

»Noch ist es nicht zu spät«, sagt Vincent. »Gib mir das Messer. Vielleicht können wir ihn zurückholen.«

»Ach ja?«, sagt Liam. »Vielleicht kann ich dich aber auch einfach zu ihm schicken? Das wäre doch viel einfacher. Und sicherer für uns.«

Er rückt mit dem Messer im Anschlag ein Stück auf seinen Vater zu, aber Luna hält ihn zurück.

»Nicht, Liam«, sagt sie. »Lass ihn. Das bringt doch nichts.«

Sie nimmt das Messer aus seiner Hand und umarmt ihn fest, beide fangen an zu schluchzen.

»Komm, wir gehen«, sagt Luna.

»Aber wohin?«, fragt Liam.

»Egal«, antwortet Luna. »Erst mal nur weg.«

Sie greift nach seiner Hand und die beiden laufen langsam los.

»BILDET EUCH BLOSS NICHT EIN, DASS ICH

SCHON FERTIG MIT EUCH BIN!«, ruft ihnen Vincent hinterher. »IHR GEHÖRT MIR! UND LORD LUZIFER! FÜR IMMER!«

Luna und Liam laufen einfach weiter, ohne ihn zu beachten.

»Was für ein mieser Dreckskerl«, knurrt Lilly neben mir. »Am liebsten würde ich ihn mir sofort persönlich vorknöpfen. Aber jetzt sind Luna und Liam erst mal wichtiger. Kommt ihr mit?«

Sie steht auf und sieht uns fragend an. Aaron und Gustav nicken und stehen ebenfalls auf.

»Geht ihr schon mal vor«, sage ich. »Ich komme nach, muss nur noch kurz etwas aus dem Zelt holen.«

»Alles klar, bis gleich«, sagt Lilly und die drei laufen los.

Als sie außer Sichtweite sind, wende ich meinen Blick wieder nach unten zu Vincent. Er verwischt gerade vor sich hin brummelnd das Pentagramm mit den Füßen. Dann sammelt er die beiden Stöcke und das Buch vom Boden auf, zieht sein rotes Gewand aus, legt es zurück in die Truhe und läuft damit zurück in Richtung Wohnmobil. Sehr gut. Genau da will ich ihn haben. Ins Zelt muss ich allerdings vorher wirklich noch kurz. Es gibt da etwas, das ich dringend für das brauche, was ich gleich vorhabe. Hoffentlich klappt es.

Dreikäsehoch

Zehn Minuten später schleiche ich mich vorsichtig an das Wohnmobil heran. Drinnen brennt Licht, aber ich bleibe trotzdem kurz vor der Tür stehen, um zu lauschen, ob ich etwas hören kann. Ja, da hat es gerade gerumpelt, er ist wohl da. Ich atme noch zweimal tief durch, öffne die Tür und gehe hinein. Vincent verstaut gerade die Truhe unter einer Sitzbank. Er sieht mich kurz erstaunt, dann verärgert an.

»Was willst du denn hier mitten in der Nacht?«, fragt er. »Verschwinde. Die Kinder schlafen schon.«

»Das möchte ich stark bezweifeln«, erwidere ich. »Sie haben vor ungefähr einer halben Stunde ein fünf Meter großes sprechendes Eichhörnchen gesehen, das dürfte sie noch eine ganze Weile lang wachhalten.«

Er erhebt sich, seine Augen formen sich zu Schlitzen, er sieht mich durchdringlich an.

»Du hast uns also beobachtet«, stellt er fest. »Und welche Schlüsse ziehst du jetzt aus dem, was du gesehen hast?«

»Na ja«, antworte ich. »Zum einen ziehe ich den Schluss daraus, dass man als Satanist besser immer Nüsse und Karotten dabeihaben sollte. Und zum anderen durfte ich feststellen, dass Sie kein guter Mensch sind.«

»Das hast du sehr gut erkannt«, knurrt er mich an. »Und was wirst du jetzt mit diesem Wissen anstellen? Hast du die Polizei gerufen?«

»Was? Nein, natürlich nicht«, sage ich. »Ich glaube, Sie verstehen mich falsch. Ich bin nicht hier, um Ihnen zu schaden. Ich bin gekommen, um Ihren größten Wunsch zu erfüllen.«

»Aha«, sagt Vincent skeptisch. »Und der wäre?«

»Na, Sie wollen doch unbedingt Luzifer treffen, oder?«, frage ich. »Den Herrscher der Finsternis? Den großen Zampano aus der Hölle? Oder habe *ich* da jetzt etwas falsch verstanden?«

»Haha!«, lacht er auf. »Ja, genau! Sehr witzig! Wieso sollte ausgerechnet ein mickriger Dreikäsehoch wie du das fertigbringen können?«

»Ganz einfach«, sage ich. »Ich habe sehr gute persönliche Beziehungen zur Hölle. Luzifer ist mein Vater.«

»Haha!«, lacht er noch lauter. »Spätestens jetzt weiß ich, dass du lügst! Luzifer hat keine Kinder!«

»Aha«, erwidere ich. »Und das wissen Sie so genau, weil Sie schon mal unten waren, oder wieso sind Sie sich da so sicher?«

Er lacht noch eine ganze Weile, hört aber schließlich auf, als er merkt, dass ich keine Miene verziehe.

»Na gut«, sagt er und nimmt auf der Sitzbank Platz. »Dann gehen wir einfach mal spaßeshalber davon aus, dass du die Wahrheit sagst. Wo und wann könnte denn ein Treffen mit deinem Vater stattfinden?«

»Na, jetzt gleich sofort und hier, dachte ich«, antworte ich. »Es sei denn, Sie brauchen noch ein bisschen Zeit, um sich vorzubereiten? Vielleicht möchten Sie ja erst noch ein Pentagramm auf den Kühlschrank malen oder sonst irgendeinen nutzlosen Hokuspokus veranstalten? Ich muss Sie allerdings warnen: Wenn man Papa warten lässt, kriegt er sehr schnell äußerst schlechte Laune. Und Sie können sich sicher vorstellen, was passiert, wenn Satan schlechte Laune kriegt, Sie sind ja Experte.«

»Was? Nein, nein, mach ruhig«, sagt er süffisant grinsend. »Hol deinen Vater, ich kann es kaum erwarten.«

»Alles klar, Augenblick«, sage ich und ziehe die Uhr aus der Tasche, die Steven erfunden und mir für Notfälle gegeben hat, damit ich unten immer jemanden erreichen kann – zum Glück habe ich sie eingepackt, normalerweise vergesse ich immer, sie mitzunehmen.

Damit habe ich Papa vorhin schon mal vom Zelt aus

angerufen und ihm ganz kurz geschildert, worum es geht. Und er hat sofort von selbst vorgeschlagen, dass er kurz vorbeikommt, um sich diesen Mistkerl mal persönlich anzugucken, dazu musste ich ihn gar nicht überreden.

Ich drücke auf den Knopf an der Seite der Uhr, der die Verbindung nach unten herstellt.

»Du kannst jetzt kommen, Papa«, spreche ich in die Uhr. »Bis gleich!«

»Haha, das wird ja immer besser!«, sagt Vincent und schlägt sich dabei lachend auf die Schenkel. »Der Teufel wird also heutzutage mit einem Fitnessarmband gerufen! Das ist wirklich …«

Weiter kommt er nicht, denn er zuckt erschrocken zusammen, als es plötzlich knallt und eine gelbe Rauchwolke neben mir erscheint.

»Höllenfluch und Teufelsfurz!«, höre ich Papa durch den Rauch fluchen. »Ich hasse es, auf diese Art zu reisen.«

»Das sagst du jedes Mal«, stelle ich lächelnd fest. »Ganz so schlimm wird's schon nicht sein.«

Während Vincent seinen Mund nicht mehr zukriegt, verzieht sich der Rauch langsam, bis Papa in seiner vollen Pracht zu sehen ist.

»Hallo, Junior«, begrüßt er mich mit einer kurzen Umarmung. »Hast du schöne Ferien?«

»Ja, alles prima«, sage ich. »Ich habe einen Fan von dir getroffen.«

Ich zeige auf Vincent, dessen Mund mittlerweile unaufhörlich fassungslos auf und zu klappt.

»Sein Name ist Vincent«, sage ich. »Er verehrt dich sehr. Er wollte dir sogar seine Kinder opfern.«

»Oh, wirklich?«, sagt Papa gespielt erstaunt. »Das ist ja ganz wunderbar! Ich treffe immer wieder gerne derart hingebungsvolle Bewunderer, es müsste viel mehr davon geben. Schön, dich kennenzulernen, Vincent!«

Er streckt ihm seine Hand entgegen. Vincent greift zitternd mit beiden Händen danach und lässt sich vor Papa auf die Knie fallen.

»Oh, ehrwürdiger Beelzebub!«, wimmert er. »Es ist … Ich kann Euch gar nicht sagen, wie sehr … Eure grauenvolle Anwesenheit überwältigt mich.«

»Ach, immer locker bleiben«, sagt Papa. »Ich weiß, ich bin äußerst beeindruckend. Und grauenvoll. Und großartig. Und unfassbar gut aussehend.«

»Und so bescheiden«, füge ich grinsend hinzu.

»Ja, das auch«, sagt Papa. »Unendlich bescheiden.«

»Kann ich … Darf ich Euch irgendetwas anbieten, mein dunkler Lord?«, fragt Vincent. »Ich habe leider keine Nüsse und keine Karotten. Aber ein Gläschen Hühnerblut müsste noch übrig sein.«

»Nüsse? Karotten?«, fragt Papa und schaut mich verwirrt an.

»Das erkläre ich dir später«, sage ich und zwinkere ihm zu.

Für die Details hatte ich bei meinem Anruf nicht genug Zeit, ich konnte ihm nur grob erzählen, worum es geht.

»Hast du Gummibärchen?«, wendet sich Papa an Vincent. »Auf Gummibärchen freue ich mich immer ganz besonders, wenn ich mal hier oben bin. Die sind saulecker. Aber nur die roten.«

»Äh … Ja … Ähm … Moment … Gummibärchen …«, stammelt Vincent. »Hier müssten irgendwo … Die Kinder hatten doch noch … Ein ganz klein wenig Geduld, Eure Schrecklichkeit.«

»Kein Problem«, sagt Papa. »Für meine unendliche Geduld bin ich schließlich ebenfalls überall bekannt.«

Vincent klappt hektisch alle möglichen Schranktüren auf und zu und durchwühlt sämtliche Schubladen des Wohnmobils. Als er endlich fündig wird, streckt er Papa mit zittrigen Händen eine Tüte Gummibärchen entgegen.

»Soso«, sagt Papa, während er sich die roten Gummibärchen aus der Packung fischt und in den Mund stopft. »Du bift alfo ein Fan.«

»Schon immer, Eure Lordschaft«, sagt Vincent. »Ich verehre Eure Grausamkeit zutiefst und bin Euer untertänigster Diener. Ich würde alles für Euch tun, mein finsterer Herrscher.«

»Schön, schön«, sagt Papa schmatzend. »Daf hört man gern. Kann ich dir vielleicht mit irgendwaf eine Freude machen? Soll ich dir vielleicht ein Autogramm in die Stirn ritfen? Daf wird immer gern genommen.«

»Oh … Das wäre … Das kann ich nicht annehmen, Eure Lordschaft«, sagt Vincent. »Aber es gäbe da tatsächlich etwas, das ich mir schon lange sehr wünsche. Wärt Ihr so freundlich … Könntet Ihr mir eventuell meine Haare zurückgeben? Ich hatte schon mit fünfundzwanzig diese Glatze und meine Erscheinung leidet doch sehr darunter.«

»Du willst Haare? Gar kein Problem, eine meiner leichtesten Übungen, das erledige ich mit einem Fingerschnippen«, sagt Papa. »Oder nein! Ich habe eine bessere Idee! Was hältst du davon, wenn ich dir mal kurz die Hölle zeige? Ihr Satanisten träumt doch immer davon, in die Hölle zu kommen, oder? Was glaubst du, wie neidisch deine Kumpels werden, wenn du ihnen erzählst, dass du schon mal unten warst! Dann bist du der absolute King! Na, was hältst du davon? Ein kleiner Rundgang durch die Hölle? Dauert auch nicht lang, ich bringe dich in zehn Minuten zurück.«

»Das … Das würdet Ihr machen, Eure Furchtbarkeit?«, fragt Vincent fassungslos. »Das wäre die allergrößte Ehre, die Ihr mir erweisen könntet. Aber das mit den Haaren machen wir hinterher auch noch?«

»Klar, keine Sorge, für einen echten Fan mach ich das doch gern«, sagt Papa lächelnd. »Aber erst mal zeige ich dir mein Zuhause. Sollen wir dann gleich? Ewig Zeit habe ich nicht. Also, eigentlich schon, aber heute gerade nicht. Haha, der war gut! Wusstest du eigentlich, dass ich nicht nur unglaublich fürchterlich, sondern auch unendlich witzig bin? Haha! Der Teufel hat ewig Zeit, nur nicht heute! Haha, ich lach mich schlapp!«

Papa legt lachend den Arm um Vincent, der verlegen mitlacht.

»Okay, wir sind dann gleich wieder da«, sagt Papa und drückt mir die Packung Gummibärchen in die Hand. »Hältst du die bitte so lang? Die schmelzen unten ja bloß. Aber keins von den roten essen, verstanden? Die sind nur für mich!«

»Keine Sorge«, sage ich. »Ich mag sowieso die grünen viel lieber. Habt Spaß! Bis gleich!«

Es knallt wieder, eine gelbe Rauchwolke erscheint und die beiden sind verschwunden.

Ich nehme auf der Sitzbank Platz und genehmige mir ein paar Gummibärchen. Das ist echt nett von Papa, dass er gekommen ist und uns mit diesem Widerling hilft. Ich meine, ich habe den Teufel höchstpersönlich zum Vater, aber er ist bei Weitem nicht so schlimm wie dieser Mistkerl. Hoffentlich haben sich Luna und Liam inzwischen einigermaßen erholt. Ich will mir gar nicht ausmalen, was sie all die Jahre mit ihrem Vater durchgemacht haben, das muss ganz schrecklich gewesen sein. Aber damit ist jetzt Schluss, der wird ihnen garantiert nie wieder Angst machen oder sie bedrohen. Mist, die grünen Gummibärchen sind alle. Na gut, die gelben schmecken auch noch ganz lecker, nehme ich eben die. Wie viel Uhr ist es eigentlich? So langsam werde ich doch echt müde, das war ein sehr langer Abend. Jede

Wette, morgen stehen wir nicht vor … Oh, ich rieche Schwefel und die Luft bitzelt leicht, sie kommen zurück, das ging ja echt schnell.

Wieder ertönt ein Knall und gelber Rauch erscheint. Als er sich verzieht, sehe ich, wie Vincent an Papas ausgestrecktem Arm in der Luft baumelt. Er ist noch bleicher als vorher, seine wenigen Haare kleben klatschnass geschwitzt an seinem Kopf und er zittert am gesamten Körper. Papa befördert ihn mit einem Wurf auf die Sitzbank mir gegenüber, wo er sich blitzschnell in die Ecke zurückkauert und sich heftig weiter zitternd so klein wie möglich macht.

»So, da sind wir wieder«, sagt Papa grinsend.

»Und, hattet ihr Spaß?«, frage ich ebenfalls grinsend.

»Ich schon«, antwortet Papa. »Diese Flitzpiepe komischerweise nicht so.«

»Was, echt nicht?«, frage ich gespielt verwundert. »Dabei hatte er sich doch so auf die Hölle gefreut. Was hast du ihm denn alles gezeigt?«

»Och, nichts Besonderes eigentlich«, sagt Papa. »Wir waren nur kurz in den Abteilungen, für die er sich jetzt schon qualifiziert hat. Steven hat mir extra sein bisheriges Strafregister ausgedruckt, da kommt schon einiges zusammen. Wusstest du zum Beispiel, dass er einen Laubbläser benutzt?«

»Oha«, sage ich. »Das kannst du ja gar nicht leiden, stimmt's?«

»Nein, kann ich nicht«, knurrt Papa in Vincents Richtung. »Typen, die Laubbläser benutzen, sind der letzte Abschaum. Noch schlimmer sind nur Kerle, die ihren Kindern absichtlich Angst machen. Oh, stimmt, das hast du ja auch gemacht, du Mistkerl. Von Typen wie dir kriege ich immer ganz schlechte Laune. Und weißt du, was passiert, wenn ich schlechte Laune kriege? Nein? Das wundert mich jetzt aber, du bist doch so ein großer Fan, ich dachte, du weißt *alles* über mich. Nein? Kein Problem, ich zeige dir, was passiert, wenn ich schlechte Laune kriege. Dann wachsen nämlich meine Hörner.«

Papa lässt seine Hörner wachsen, sie werden immer länger und vorne immer spitzer, bis sie ganz dicht vor Vincents Augen wieder aufhören zu wachsen. Er versucht, sich wimmernd weiter in die Ecke zu drücken, die Hörner folgen ihm.

»Guck dir diesen Jammerlappen an«, sagt Papa. »Hier oben immer eine Riesenklappe, von wegen Satan ist der Beste und grausam und böse sein ist das Coolste überhaupt, aber wenn sie dann wirklich bei uns unten landen, hören sie überhaupt nicht mehr auf zu flennen. Ich kann dir gar nicht sagen, wie sehr ihr Satanisten-Deppen mich anwidert. Ihr habt überhaupt nichts kapiert. Dabei ist es so einfach. Ich bin nicht grundsätzlich böse. Ich hasse böse Menschen sogar. Deshalb bestrafe ich sie ja und dabei kann ich dann sehr, sehr böse werden. Das ist meine Arbeit. Aber weil ich nicht unbedingt gerne arbeite, gilt für mich das Motto: Je weniger böse Menschen es hier oben gibt, umso leichter wird mein Job da unten. Ihr dient mir also kein bisschen, wenn ihr böse seid, im Gegenteil, ihr macht mir nur unnötig Arbeit und davon kriege ich *extrem* schlechte Laune. Wenn ihr *wirklich* Fans von mir wärt, dann würdet ihr euer Leben lang nur Gutes tun und dafür sorgen, dass ich da unten meine Ruhe habe. Mal ganz davon abgesehen, dass ich keine Fans brauche, ich bin auch ohne großartig genug.«

»A-A-A-Aber … Aber … Ich d-d-d-dachte …«, stammelt Vincent mit klappernden Zähnen.

»Eben nicht!«, würgt Papa ihn ab. »Du hast eben *nicht* gedacht! Oder du bist einfach nur extrem schlecht im Denken! Jeder Baumstamm kann logischer denken als du! Und grundsätzlich ist es mir auch schnurzpiepegal, was irgendjemand denkt oder woran er glaubt. Ihr wollt mich, wollt Satan verehren und lobpreisen? Kein Problem, von mir aus gern, jedem sein Hobby, das juckt mich nicht. Aber sobald ihr in *meinem* Namen Tiere schlachtet, Kindern Angst macht oder sonst irgendeinen Mist mit Unbeteiligten veranstaltet, hört der Spaß definitiv spätestens dann auf, wenn ihr unten bei mir landet. Und was euch da blüht, hast du ja eben selbst gesehen.«

»I-I-Ich w-w-w-will d-d-da nicht n-n-noch mal runter!«, stammelt Vincent zitternd. »N-N-Nie w-w-wieder! B-B-B-Bitte, Eure L-L-Lordschaft! Z-Z-Zeigt Gnade!«

»Haha!«, lacht Papa auf. »Ja, genau! Weil ich dafür berühmt bin, so gnädig zu sein! Du bist echt witzig! Haha!«

»B-B-Bitte, Eure L-L-L-Lordschaft!«, bettelt Vincent verzweifelt weiter. »Ich f-f-f-flehe Euch an! Ich m-m-mache auch alles, w-w-w-was Ihr v-v-verlangt!«

»Hm«, sagt Papa und kratzt sich nachdenklich am

Kinn. »Lass mich mal nachdenken. Es gibt eigentlich nur eine einzige Möglichkeit, wie du vermeiden kannst, später bei mir zu landen. Aber das ist nicht zu schaffen.«

»W-W-Was ist es?«, fragt Vincent. »I-I-Ich m-m-mache alles!«

»Na ja«, sagt Papa. »Du dürftest dir für den Rest deines Lebens keine einzige Verfehlung mehr leisten. Und damit meine ich wirklich *keine*. Du müsstest immer brav sein. Und lieb zu allen Leuten. Vor allem zu deinen Kindern. Sie dürfen ab jetzt bei ihrer Mutter leben. Und wenn sie dich niemals wiedersehen wollen, musst du das akzeptieren. Wenn du aber nur aus Versehen auf eine Ameise trittst oder bei Rot über die Ampel gehst, ist es vorbei. Solltest du das alles hinkriegen, würde ich für dich tatsächlich eine einmalige Ausnahme machen und dein bisheriges Strafregister vergessen.«

»D-D-D-Das schaffe ich!«, sagt Vincent. »G-G-G-Ganz s-s-s-sicher! Ich w-w-werde Euch n-n-n-nicht enttäuschen, großer M-M-Meister!«

»Na, da bin ich ja mal gespannt«, sagt Papa. »Und es versteht sich hoffentlich von selbst, dass du niemandem etwas über unsere Begegnung und das, was du unten gesehen hast, erzählst. Vor allem nicht deinen Satanisten-Freunden. Das sind übrigens die einzigen Menschen, die du noch beschimpfen und beleidigen darfst. Nein, *musst*. Wann immer du auf so einen Vollidioten triffst, der meinen guten Namen in den Dreck zieht und Unsinn über mich verbreitet, *musst* du ihn aufs Übelste beschimpfen und beleidigen. Ist das klar?«

»S-S-S-Sehr wohl, Eure L-L-L-Lordschaft!«, sagt Vincent. »D-D-D-Das m-m-mache ich! Und alles andere auch! V-V-V-Versprochen!«

»Gut, dann sind wir hier ja fertig«, sagt Papa und wendet sich an mich. »Du hast die roten Gummibärchen hoffentlich nicht angerührt?«

»Natürlich nicht«, antworte ich und halte ihm die Tüte entgegen.

»K-K-K-K-ann ich d-d-d-ann g-g-g-ehen?«, fragt Vincent schlotternd.

»Kommt ganz drauf an«, erwidert Papa. »Wo willst du denn hin?«

»Ich w-w-w-will zu d-d-den K-K-Kindern«, stammelt Vincent. »I-I-I-ch m-m-muss mich b-b-bei ihnen entsch-sch-schuldigen. Ich w-w-w-ollte ihnen k-k-k-keine Angst m-m-m-achen. Ich h-h-hab sie d-d-d-och l-l-lieb.«

»Das ist die richtige Einstellung«, sagt Papa. »Los, raus mit dir.«

»K-K-K-Könnten wir v-v-v-orher eventu-tu-tuell noch d-d-d-die S-S-Sache mit den H-H-H-Haaren …«

»RAUS, HAB ICH GESAGT!«, brüllt Papa ihn an. »SONST WACHSEN DIR IN ZUKUNFT NUR NOCH

HAARE AUS STACHELDRAHT! UND ZWAR AM HINTERN!«

Vincent stolpert panisch an uns vorbei aus dem Wohnmobil.

Papa grinst zufrieden und nimmt sich ein Gummibärchen. Wir gehen nach draußen.

»Danke, dass du gekommen bist«, sage ich, als wir die Tür hinter uns geschlossen haben. »Das war echt super.«

»Sehr gern geschehen«, sagt Papa lächelnd. »Aber nicht, dass mir das zur Gewohnheit wird. Ich habe wahrlich Besseres zu tun, als mich hier oben um einzelne Vollidioten zu kümmern. Falls ihr noch mal auf irgendwelche Satanisten trefft, lasst sie am besten gleich explodieren. Ihr wisst doch, wie das geht, oder?«

»Äh … nein, das hast du uns noch nicht gezeigt«, sage ich.

»Na, dann wird's aber höchste Zeit. Ich kann's euch ja zeigen, wenn ihr übernächste Woche runterkommt. Das bleibt doch dabei, dass ihr zwei Wochen bei uns unten verbringt, wenn euer Campingurlaub vorbei ist?«

»Nur ich«, antworte ich. »Lilly fährt doch mit Onkel Wolfram in die Berge, damit er auch noch was von ihren Ferien hat. Aber das ist vielleicht auch besser so. Ich weiß nicht, ob es so gut ist, wenn Lilly lernt, wie man

Leute explodieren lässt. Sie hat eindeutig zu viel von deinem Temperament geerbt.«

»Ja, da könntest du recht haben«, sagt Papa lachend. »Grüß sie bitte ganz lieb von mir.«

»Das mache ich. Sag mal, eine Frage hätte ich noch: Dieser Typ hat doch nicht wirklich eine Chance, der Hölle zu entgehen, oder?«

»Was? Nein, natürlich nicht«, antwortet Papa grinsend. »Strafregister können nicht gelöscht werden, sein Platz bei uns unten ist ihm sicher. Aber ich dachte, es kann ja nicht schaden, wenn hier oben einer mehr rumläuft, der sich Mühe gibt.«

Er zwinkert mir zu und umarmt mich.

»Dann mach's mal gut, Junior«, sagt er. »Wir sehen uns ja ganz bald schon wieder.«

»Alles klar«, sage ich. »Komm gut wieder runter. Und danke noch mal.«

Er lässt mich los, zwinkert mir noch mal zu und verschwindet mit einem Knall in seiner gelben Wolke.

Das war jetzt irgendwie sehr schön, ihn mal so unerwartet zwischendurch zu sehen. Und ich kann es kaum erwarten, den anderen davon zu erzählen, die werden Augen machen!

Nur eingebildet

»Ich kann es immer noch nicht fassen«, sagt Sophie. »Er ist einfach so abgerauscht?«

»Ja«, sagt Luna. »Er hat sich von uns verabschiedet und immer wieder gesagt, wie lieb er uns hat, und dann ist er weg. Er hat gesagt, er würde sich professionelle Hilfe suchen und sich aber ganz bald bei uns melden.«

»Er war ziemlich durch den Wind«, sagt Nina. »Er hat ausgesehen, als wäre ihm der Teufel höchstpersönlich begegnet.«

»Unglaublich, dieser Mann«, sagt Sophie, fassungslos den Kopf schüttelnd. »Aber ich bin froh, dass er endlich zur Vernunft gekommen ist.«

Sophie ist die Mutter von Luna und Liam. Vincent hat sie gleich heute Morgen angerufen und vor einer halben Stunde ist sie hier angekommen. Seitdem sitzen wir alle zusammen vor unserem Wohnmobil und essen einen Kuchen, den Jörg noch schnell besorgt hat.

»Ich bin nur froh, dass euch nichts Schlimmeres passiert ist«, fährt Sophie fort und drückt Luna und Liam an sich. »Euer Vater ist eindeutig ein Spinner, ich habe ihm alles zugetraut. Darauf, dass er euch in seinem Wahn giftigen Dämpfen aussetzen würde, bin aber selbst ich nicht gekommen.«

Das ist ja auch zum Glück nicht wirklich passiert. Das mit den Dämpfen war wohl Aarons Idee, als Luna und Liam gestern Nacht am Strand gefragt hatten, ob wir auch das sprechende Rieseneichhörnchen und die anderen Tiere gesehen haben. Lilly hat das spontan verneint, sie konnte ja schlecht zugeben, dass das unser Hausdämon Cornibus war, dann hätten die beiden weiter an die miesen Teufelsgeschichten ihres Vaters geglaubt und wir hätten unsere Identitäten verraten müssen. Aaron hat dann gesagt, dass der Qualm von den Fackeln wahrscheinlich Halluzinationen ausgelöst hat, damit Luna und Liam denken, sie hätten sich Cornibus nur eingebildet.

»Ich kann euch gar nicht oft genug sagen, wie dankbar ich euch bin, dass ihr euch so um meine beiden Schätzchen gekümmert habt, bis ich hier war«, sagt Sophie in die Runde. »Ihr seid alle sehr, sehr lieb, das werde ich euch nie vergessen.«

»Wir auch nicht«, sagt Luna und drückt Lillys Hand. »Ohne euch hätten wir die Nacht wahrscheinlich am Strand verbringen müssen. Auch wenn er sich heute Nacht noch entschuldigt hat, bei ihm schlafen wollten wir dann doch nicht, das war mir zu riskant.«

War es nicht, zumindest nicht mehr, dafür hat *unser* Papa ja gesorgt, aber das konnten sie nicht wissen. Als ich zurück ins Zelt kam, waren sie alle schon dort, Luna und Liam haben dann auch bei uns geschlafen. Das einzige Problem daran war, dass ich den anderen nicht erzählen konnte, dass Papa hier war und sich um diesen Spinner gekümmert hat. Damit musste ich bis heute Morgen warten, als Luna und Liam beim Duschen waren. Da haben die anderen nicht schlecht gestaunt, und Lilly war sogar ein bisschen sauer, weil ich sie nicht eingeweiht hatte. Ich habe ihr dann aber erklärt, dass ich in dem Moment dachte, es ist wichtiger, dass sie sich um Luna kümmert, weil man sich immer erst mal um seine Freunde kümmern sollte, wenn es ihnen schlecht geht, das hat sie dann auch eingesehen.

»Ihr wart echt unsere Rettung«, fährt Luna fort. »Und zwar alle. Danke, dass ihr für uns da wart.«

»Ist doch selbstverständlich«, sagt Gustav leicht verlegen. »Und es tut mir leid, dass ich vorher manchmal so blöd zu dir war. Ich wusste ja nicht, was bei euch los war.«

»Mir tut es auch leid«, sagt Luna. »Ich war echt ziemlich ungerecht euch Jungs gegenüber.«

»Was auch irgendwie kein Wunder ist, wenn man so einen Spinner als männliches Vorbild hat«, sagt Jörg.

»Ich hoffe einfach, dass er es jetzt wirklich kapiert hat und die Kinder diesen ganzen Teufelsquatsch im Laufe der Zeit vergessen können«, sagt Sophie.

»Ja, das ist sicher das Beste«, sagt Nina und wendet sich an Luna und Liam. »Das ist alles totaler Blödsinn, was euch euer bescheuerter Vater da erzählt hat. Der Teufel und die Hölle und der ganze Quatsch, das gibt es nämlich überhaupt nicht. Das wurde alles nur erfunden, um Leuten Angst zu machen. Ihr glaubt so einen Mist hoffentlich nicht, oder?«

Sie lässt ihren fragenden Blick über Gustav, Aaron, Lilly und mich schweifen. Wir schauen uns kurz an, Lilly fängt fast an zu lachen, wir anderen können uns ein Kichern nicht verkneifen.

»Doch, klar, Mama«, sagt Gustav schließlich grinsend. »Ich war sogar schon ein paarmal in der Hölle.«

»Haha!«, lacht Jörg herzhaft auf. »Ich weiß, was du meinst! Da war ich sogar dabei! Das heißt aber offiziell nicht Hölle, sondern Weihnachten bei Oma und Opa! Aber du hast schon recht, das ist echt absolut teuflisch!«

»Ach komm«, sagt Nina leicht beleidigt. »So schlimm sind meine Eltern auch wieder nicht.«

»Nein, sind sie auch nicht«, sagt Jörg immer noch lachend. »Nur an Weihnachten. Da drehen sie komplett durch. Nicht wahr, Sohnemann?«

Er streckt Gustav eine Handfläche entgegen und Gustav schlägt mit seiner Hand dagegen. Wir lachen alle, auch Luna, Liam und Sophie.

»Was habt ihr denn jetzt vor?«, fragt Nina Sophie. »Wollt ihr noch ein paar Tage hierbleiben und ausspannen? Ich glaube, an der Rezeption kann man sich Zelte leihen.«

»Oh ja, bleibt doch noch«, sagt Lilly.

Die drei schauen sich kurz an, Liam schüttelt den Kopf, die anderen beiden nicken verständnisvoll.

»Nein, es ist wohl besser, wenn wir nach Hause fahren«, sagt Sophie. »Also, zu mir nach Hause. Da muss ja jetzt doch einiges geregelt werden, der Schulwechsel und was weiß ich noch alles. Und die Kinder sollen sich in aller Ruhe in der neuen Umgebung eingewöhnen. Die Fahrt ist lang. Von daher wäre es gut, wenn wir so langsam aufbrechen.«

Sie steht auf, Luna und Liam auch.

Wir gehen alle zusammen mit den dreien nach vorne zum Besucherparkplatz, wo Sophies Auto steht. Sie öffnet den Kofferraum und Luna und Liam legen ihre Sachen hinein.

»Meldet euch bitte kurz, wenn ihr gut angekommen seid«, sagt Nina. »Handynummern haben wir ja schon ausgetauscht.«

»Das machen wir«, sagt Sophie. »Und noch mal: vielen Dank für alles.«

»Schreibst du mir bitte auch?«, fragt Lilly mit traurigem Gesicht Luna. »Also, nicht nur, wenn ihr angekommen seid, meine ich. Gerne auch öfter. Bitte.«

»Pass auf, was du dir wünschst«, sagt Luna grinsend. »Sonst werde ich dich jeden Tag zutexten. Das kann ich nämlich teuflisch gut, wenn es um beste Freundinnen geht.«

Sie zwinkert Lilly zu.

»Und ich erst«, sagt Lilly und zwinkert zurück.

Die beiden umarmen und drücken sich ganz fest.

Wir verabschieden uns noch alle, dann steigen die

drei ins Auto und fahren los. Luna und Liam winken uns noch aus den Fenstern zu, und wir winken zurück, bis sie außer Sichtweite sind.

Wir laufen langsam zurück zum Wohnmobil, als uns Cornibus entgegenkommt.

»Da bist du ja!«, rufe ich ihm entgegen. »Wo hast du dich denn rumgetrieben, du kleiner Teufel?«

Er war nach seiner Luzibus-Aktion die ganze Nacht weg, Sorgen habe ich mir aber keine gemacht – er hat sich wahrscheinlich in allen möglichen Tierformen die Zeit vertrieben.

»Hey, das Wort Teufel will ich in diesen Ferien nicht mehr hören«, sagt Nina zwinkernd. »Außerdem ist Cornibus alles andere als ein Teufel. Er ist nämlich viel zu süß für die Hölle. Nicht wahr, du flauschiger Wonneproppen?«

Sie bückt sich zu Cornibus herunter und durchwuschelt sein Fell.

»Du hast doch bestimmt Hunger, nicht wahr?«, sagt Nina. »Ich habe noch eine leckere Tafel Schokolade für dich im Wohnmobil. Los, lauf schon mal vor!«

»Wuff!«, bellt Cornibus. »Schlotzolade!«

Nina bleibt ruckartig stehen und starrt verwundert Cornibus hinterher, der Richtung Wohnmobil flitzt.

»Habt ihr das auch gerade gehört?«, fragt Nina verwirrt. »Es klang fast so, als hätte er etwas gesagt.«

»Ja, genau, Mama«, sagt Gustav grinsend. »Das liegt sicher daran, dass er in Wirklichkeit ein Dämon ist und sprechen kann.«

»Haha«, sagt Nina und zieht dabei eine Augenbraue nach oben. »Veräppeln kann ich mich auch allein. Und jetzt ist ein für alle Mal Schluss mit dem Teufelskram, verstanden? Wir sind schließlich hier in Hölland, um Spaß zu haben.«

»Aha, kein Teufelskram, also?«, erwidert Gustav grinsend. »Dann darfst du aber auch nicht Hölland sagen, Mama.«

»Los, ab mit dir an den Strand, du kleiner Klugscheißer!«, sagt Nina lachend. »Und ihr auch! Es sind Ferien! Genießt sie gefälligst!«

In der Erde

»Danke fürs Hochbringen, Onkel Gabriel«, sage ich.

»Kein Problem, sehr gern geschehen«, sagt er. »Wann kommst du uns denn wieder besuchen?«

Keine Ahnung, so schnell jedenfalls nicht. Zwei Wochen in der Hölle waren echt mal wieder genug. Da unten kann man ja nichts machen, es ist einfach nur stinklangweilig auf Dauer. Ich weiß wirklich nicht, wie ich das knapp zwölf Jahre lang ausgehalten habe. Okay, da wusste ich noch nicht, wie viel schöner es hier oben ist, und konnte es nicht vermissen, so wie jetzt. Allein hier anzukommen ist schon unbeschreiblich schön. Ich lasse mich ja immer ein ganzes Stück weit außerhalb des Schulgeländes absetzen, am Waldrand, direkt bei den Feldern und Obstbäumen. Und dann strahlt die Sonne zum ersten Mal wieder in mein Gesicht und meine Lungen füllen sich mit all der frischen Luft, das ist ein ganz großartiges Gefühl. Ich glaube, ich bin hier oben mittlerweile viel mehr zu Hause als unten bei Papa. Der hat sowieso nie Zeit für mich, wenn ich in der Hölle bin.

Wir haben uns in den zwei Wochen nur dreimal gesehen, den Rest der Zeit musste ich allein oder mit Cornibus totschlagen. Oh, apropos, habe ich Cornibus überhaupt dabei? Ich öffne meine Jackentasche, Cornibus springt als Maus heraus, verwandelt sich sofort in ein Kaninchen und hoppelt hochvergnügt durchs hohe Gras. Ihm gefällt es hier oben auch eindeutig besser, und das nicht nur, weil es Schokolade gibt. Von daher sind wir beide froh, wenn unser nächster Aufenthalt in der Hölle nicht so bald stattfindet.

»Weiß nicht«, antworte ich Onkel Gabriel schulterzuckend. »Sicher nicht vor den Herbstferien. Wahrscheinlich sogar später, die sind ja nur so kurz. Ich melde mich, wenn ich was Genaueres weiß. Jetzt muss ich mich erst mal auf das neue Schuljahr konzentrieren, das fängt ja nächste Woche an.«

Schlimm genug. Nur noch eine Woche Ferien ist übrig, das ging echt verdammt schnell vorbei. Wenn Schule ist, dauern sechs Wochen viel länger, das kommt mir immer vor wie sechs Monate. Aber wenigstens haben wir noch diese eine Woche hier, Gustav und Aaron kommen auch schon heute zurück, Lilly müsste schon seit gestern hier sein, dann haben wir die Schule noch ein paar Tage für uns, bevor am Wochenende alle anderen hier eintrudeln.

»Gut, dann mach das mal«, sagt Onkel Gabriel. »Ich kann übrigens sehr gut verstehen, wenn du nicht so oft zu uns runterkommst. Hier oben ist es doch eindeutig angenehmer und vor allem aufregender, gerade für jemanden in deinem Alter. Also, falls du in den nächsten Ferien mal *nicht* nach Hause willst, werde ich das deinem Vater schon verklickern.«

Er zwinkert mir zu.

»Danke, Onkel Gabriel«, sage ich und umarme ihn kurz fest. »Komm gut runter. Und grüß mir noch mal alle, bitte.«

»Mach ich«, sagt er und im nächsten Moment löst er sich in einer dünnen Schwefelwolke vor meinen Augen auf.

Ich schlendere gemütlich hinter dem hoppelnden Cornibus her in Richtung St. Fidibus. Kurz vor der Einfahrt verwandelt er sich wieder in eine Maus und schlüpft in meine Tasche.

Als ich den Vorplatz zum Schulhof betrete, bleibe ich verwundert stehen. Was ist denn hier los? Vor dem Eingang zum Schulgebäude stehen jede Menge Leute, sie sind alle in Schwarz gekleidet und gucken traurig.

Vor der Hausmeisterwohnung sehe ich Lilly, Aaron, Gustav und Onkel Wolfram stehen, er trägt ebenfalls Schwarz.

»Hallo!«, begrüße ich sie fröhlich lächelnd. »Ihr seid ja alle schon da, wie schön!«

Sie heben alle kurz die Hand, um mich zu begrüßen, so richtig zu freuen scheint sich aber niemand.

»Was ist denn hier los?«, frage ich grinsend und zeige auf die schwarz gekleidete Gruppe. »Ist hier die Jahreshauptversammlung der Gruftis?«

»Nicht so laut, Vitus«, ermahnt mich Onkel Wolfram.

»Das sind keine Gruftis. Gruftis«, sagt Aaron.

»Das ist eine Beerdigungsgesellschaft«, sagt Gustav.

Beerdigungsgesellschaft? Was ist das denn? Das Wort Beerdigung habe ich schon mal irgendwo gelesen, ich glaube, bei einem Dämonenspruch. Was es bedeutet, weiß ich allerdings nicht. Das hat wahrscheinlich irgendwas mit Erde zu tun, keine Ahnung.

»Jetzt sag nicht, dass du nicht weißt, was eine Beerdigung ist«, zischt Lilly in meine Richtung.

Ich zucke verlegen mit den Schultern.

»Wenn hier oben jemand stirbt, wird die Person beerdigt«, erklärt Aaron flüsternd. »Das bedeutet, dass man den Körper auf einem Friedhof in der Erde vergräbt. Vergräbt.«

»Du kennst doch den kleinen Friedhof hinter der Schule«, sagt Lilly. »Da sind wir schon öfter durchgelaufen, wenn wir ins Dorf gegangen sind.«

Ja, Friedhof sagt mir etwas, das ist dieser Garten mit

den ganzen viereckigen Steinen und Kreuzen. Ich dachte, das wäre so eine Art Abenteuerspielplatz, wo man Rätsel lösen kann, die auf den Steinen stehen. Da vergräbt man also tote Leute? Kapier ich nicht. Wenn jemand stirbt, kommt er doch entweder zu Opa oder zu uns nach unten. Und die werden auch alle abgeholt, vom Tod, der arbeitet nämlich für Papa. Ich kann mir nicht vorstellen, dass der Lust hat, die alle erst wieder auszubuddeln, wenn er sie nach oben oder unten bringt. Sehr seltsam. Aber gut, ist ja nicht das Erste, was ich hier oben nicht kap… Äh, Moment mal. Wenn das da eine Beerdigungsgesellschaft ist und Beerdigungen bedeuten, dass jemand gestorben ist, heißt das dann etwa …

»Wie jetzt? Was? Augenblick«, frage ich verwirrt. »Wollt ihr damit etwa sagen, dass jemand gestorben ist? Hier in St. Fidibus?«

Die anderen nicken mit hängenden Köpfen.

»Direktor Hasenfuß ist tot«, sagt Onkel Wolfram schließlich.

Oh. Damit habe ich nun absolut nicht gerechnet. Ich meine, er wirkte immer so … lebendig. Und jetzt ist er plötzlich tot?

»Ja, aber … Aber … Wie denn?«, frage ich. »Ich meine, was ist denn passiert?«

»Frau Schneider-Schnutzel hat erzählt, es wäre ganz

plötzlich passiert, beim Abendessen«, antwortet Onkel Wolfram leise. »Er hätte gerade noch einen Witz erzählt und im nächsten Moment lag sein Kopf in der Suppe. Sie hat sofort einen Krankenwagen gerufen, aber es war zu spät. Vermutlich ein Herzinfarkt. Das war vor vier Tagen. Lilly und ich haben es aber auch erst gestern erfahren, als wir aus den Bergen zurückgekommen sind.«

»Aber … Aber das ist ja …«, stammle ich fassungslos.

»Schrecklich«, sagt Aaron. »Ganz, ganz schrecklich. Schrecklich.«

Allerdings, das ist es. Er hat zwar sehr oft mit mir geschimpft und mir Strafen aufgebrummt, aber irgendwie mochte ich ihn doch sehr gern.

»Wir wollten gerade rüber zum Grab, um uns von ihm zu verabschieden«, sagt Lilly. »Kommst du mit?«

Äh … verabschieden? Wie soll das denn gehen? Ich dachte, sie haben ihn gerade vergraben? Buddeln wir ihn dafür wieder aus und schütteln seine Hand oder wie funktioniert das?

Ich nicke und wir laufen langsam los. Onkel Wolfram wird von Frau Schneider-Schnutzel gerufen und bleibt zurück. Wir gehen schweigend weiter, bis wir auf dem Friedhof angekommen sind.

»Das dahinten müsste es sein«, sagt Lilly und zeigt auf einen großen Stein, an dem ganz viele Blumenkränze liegen.

Wir gehen darauf zu und bleiben schließlich direkt davor stehen. Auf dem Stein steht der Name unseres Direktors und ein paar Zahlen. Ah, jetzt verstehe ich, das sind keine Rätsel, das sind Daten und Jahreszahlen.

»Okay«, sage ich. »Und wer buddelt ihn jetzt wieder aus?«

»Ausbuddeln?«, fragt Lilly entsetzt. »Wieso willst du ihn denn ausbuddeln?«

»Na, du hast doch gesagt, wir wollen uns von ihm verabschieden«, antworte ich. »Müssen wir ihn dafür nicht ausbuddeln?«

»Nein«, sagt Aaron. »Das ist eher ein stiller, symbolischer Abschied, der hauptsächlich in deinem Kopf stattfindet. Du darfst aber natürlich auch gern ein paar Worte sagen, wenn du möchtest. Du möchtest.«

»Öh … Aber er ist doch da unten verbuddelt, oder?«, erwidere ich. »Kann er mich da überhaupt hören?«

»Natürlich kann er dich *nicht* hören«, sagt Lilly leicht genervt. »Er ist tot, Luzie. Er hört nie wieder was.«

»Und warum soll ich dann was zu ihm sagen?«, frage ich verwirrt. »Das ergibt doch überhaupt keinen Sinn. Da könnte ich ja genauso gut mit dem Baum da drüben reden.«

»Der Baum war aber nicht dein Direktor«, erwidert Lilly, jetzt deutlich genervt. »Du kennst diesen Baum nicht, du hattest nie etwas mit ihm zu tun. Und über-

haupt: Wer redet denn bitte mit einem Baum? Das ist doch …«

»Hört auf«, unterbricht Gustav sie. »Ich werde ein paar Worte sagen.«

Er räuspert sich kurz und atmet tief durch.

»Lieber Herr Direktor Hasenfuß«, sagt er schließlich leise. »Es macht mich sehr traurig, dass Sie so plötzlich verstorben sind. Ich hoffe, es geht Ihnen gut, wo auch immer Sie nun sein mögen.«

»Da unten«, sage ich und zeige auf die Erde. »Er ist da unten. Das habt ihr doch gesagt.«

Die drei werfen mir kurz vorwurfsvolle Blicke zu, dann spricht Gustav weiter.

»Sie mussten sich manchmal über uns ärgern, und wir uns über Sie«, sagt er. »Aber im Grunde genommen haben wir uns immer gegenseitig respektiert und gemocht. Dass Sie nun so unverhofft von uns gegangen sind, hinterlässt in St. Fidibus und in uns eine große … AAAAAAAH!«

Gustav macht einen Satz rückwärts und zeigt auf die Erde vor dem Stein.

»D-D-D-DA BEW-W-W-WEGT SICH W-W-W-W-AS!«, schreit er.

Wir starren alle auf den Punkt, auf den sein zitternder Finger zeigt. Tatsache, dort bewegt sich die Erde. Es sieht so aus, als würde sich etwas von unten an die Oberfläche buddeln. Plötzlich streckt sich eine Hand aus der Erde.

»Ah!«, sage ich. »Jetzt verstehe ich das mit dem Verabschieden. Wir müssen ihn dafür nicht ausbuddeln, seine Hand kommt zu uns.«

Ich will mich zu der Hand nach unten bücken, um sie zu schütteln, aber Lilly hält mich vehement zurück.

»Bist du wahnsinnig?«, fährt sie mich an. »Nicht anfassen!«

Sie zieht mich ein Stück nach hinten.

»Was denn?«, frage ich verwundert. »Erst sagt ihr, wir sollen uns verabschieden, und jetzt, wo er sich solche Mühe gegeben hat, wollt ihr plötzlich nicht mehr? Das ist bestimmt nicht einfach, sich von da unten hochzugraben.«

»Das ist vor allem eins, Luzie«, sagt Lilly. »Das ist nicht normal. Tote graben sich nicht selbst wieder aus. Niemals.«

Die zweite Hand erscheint an der Oberfläche, dann kommen die Arme dazu. Kurz darauf erscheint der dreckverschmierte Kopf unseres Direktors, danach sein Oberkörper.

»Vielleicht ist er ja gar nicht tot«, sage ich. »Sollen wir ihm nicht vielleicht doch helfen? Das sieht ziemlich mühsam aus.«

»Nicht anfassen!«, zischt Lilly mich an.

Kurz darauf zieht Direktor Hasenfuß sein zweites Bein aus dem Dreck. Jetzt steht er schwankend vor uns und starrt uns an.

»ARGL!«, sagt er. »GRMBL! … GARGL! … GURG!«

»Ich glaube, er hat noch Erde im Mund«, sage ich und wende mich an die anderen. »Oder versteht ihr irgendwas?«

»Da gibt es nichts zu v-v-v-verstehen«, sagt Gustav zitternd. »D-D-Das ist ein Z-Z-Z-Zombie.«

»Ein *was?*«, frage ich, weil ich das Wort noch nie gehört habe.

»Ein Zombie«, sagt Aaron. »Man nennt diese mythischen Figuren auch Untote. Es heißt, sie sind weder tot noch lebendig. Sie tauchen immer wieder in Filmen oder Serien auf. Dort wird ihr Zustand oftmals durch neuartige Viren erklärt. In der Realität ist bisher noch nie ein Zombie aufgetaucht, ich hielt sie immer für eine Erfindung der Filmindustrie. Aber das dachte ich von der Hölle und eurem Vater auch. Von daher wäre ich nur mittelmäßig überrascht, wenn es sich hierbei tatsächlich um einen Zombie handelt. Zombie handelt.«

Aha, okay, ein Zombie also. Nie gehört. Bei uns unten

gibt's so was jedenfalls nicht, aber da sind ja auch alle definitiv tot.

»GROGL! … BRAGL! … MRKS!«, krächzt unser Direktor vor sich hin.

»Ich verstehe immer noch kein Wort«, sage ich. »Reden alle Zombies so undeutlich?«

»Ja«, sagt Gustav schlotternd. »Und du d-d-darfst ihm nicht zu n-n-nah k-k-kommen! Wenn dich ein Z-Z-Z-Zombie b-b-b-beißt, wirst du selbst zum Z-Z-Z-Zombie!«

In diesem Moment bewegt sich der Direktor plötzlich auf mich zu, kippt aber beim zweiten Schritt der Länge nach mit dem Gesicht zuerst nach vorne in den Dreck.

»Also, wenn man sich nicht gerade direkt vor ihm auf den Boden legt, ist die Gefahr, von ihm gebissen zu werden, offenbar nicht besonders hoch. Besonders hoch«, stellt Aaron fest.

»Auf mich macht er auch keinen gefährlichen Eindruck«, sage ich. »Bleibt nur die Frage: Was machen wir denn jetzt mit unserem Zombie?«

Hi hi hiiii ... !
Zeitmaschine!
Das ist perfekt. So kriegt der Chef überhaupt nicht mit, dass ich weg bin.

So, da bin ich, Chef. Sollen wir gleich zum Team-Meeting gehen?
Hmmmm...
Du warst im Urlaub!
BAM!
Wie hat er das nur rausgekriegt?

Idee & Text: Till

Zeichnungen: Frey

Jochen Till, geboren 1966 in Frankfurt/M., sitzt seit nunmehr zwanzig Jahren in der Hölle in Abteilung 66 (Schriftsteller und andere Lügenerfinder), von Luzifer höchstpersönlich dazu verdonnert, Kinder- und Jugendbücher zu schreiben. Was der Teufel allerdings nicht weiß: Er fühlt sich pudelwohl dort unten und hat höllischen Spaß dabei.

Raimund Frey, geboren 1982 in Isny im Allgäu, zeichnete bereits im zarten Alter von 5 Jahren seine erste Kuh. Luzifer hielt das Bild für ein äußerst gelungenes Porträt von sich selbst und holte Raimund sofort in die Hölle. Seitdem sitzt er dort und malt alles, was der Teufel von ihm verlangt. Und wenn der Chef gerade nicht hinguckt, zeichnet Raimund heimlich ganz viele Dinosaurier.

Höllisch gute Produkte zu Luzifer junior findet ihr hier:

www.luziferjunior.shop

16
20
97